ALFRED ZELLINGER
DIE MEDIENMASCHINE

ALFRED
ZELLINGER

DIE MEDIEN MASCHINE

RITTER KLAGENFURT

ISBN 3-85415-106-3

Klagenfurt, Hermann-Gmeiner-Straße

Satz und Druck: Ritter
Lektorat: Dr. Franz Schuh

Mit der vom Gesetz geforderten Eindeutigkeit wird darauf hingewiesen, daß das im folgenden Text beschriebene BLATT nicht mit irgendeiner bestimmten Boulevardzeitung identisch ist – es vereint in sich vielmehr die Vorzüge mehrerer dieser Blätter. Ebensowenig sind sein Herausgeber und seine Starschreiber Rechthalter & Schleim real existierende Personen.
Wörtliche Zitate, seien sie unverändert, gekürzt, konzentriert oder collagiert, sind hier notwendige literarische Methode; die Zitierten lieferten lediglich Material.
Es ist nicht nötig, Namen zu nennen; Zeitungen und Journalisten wie die hier beschriebenen muß man heute nicht lange suchen.

MITTEILUNG GEMÄSS § 37 MEDIENGESETZ

Der Autor von „DIE MEDIENMASCHINE“ hat gegen das periodische Druckwerk DAS BLATT wegen mehrerer Textstellen, in denen sein Werk u. a. als „Sudelstück“, „Schweinerei des Jahres“, „Dreck“, „paranoide Selbstdarstellung eines menschenverachtenden Zynikers“, er selbst als „Pinscher“, „Ratte“, Schmeißfliege“, „Schreiberling“, „größenwahnsinnig“ etc. bezeichnet wurde, Strafantrag nach § 111, Abs. 1 u. 2 StGB und Privatklage gemäß § 115 StGB eingebracht.

Nach dem Mediengesetz wurde zudem der Antrag gestellt, das im BLATT angegriffene und in bloß tendenziös ausgewählten Zitaten wiedergegebene Werk möge in diesem Medium vollständig abgedruckt werden, weil nur so die Leser sich ein objektives Urteil bilden könnten. Das Gericht hat diesem Antrag stattgegeben. Dem wird hiemit entsprochen:

Der Krieg beginnt zur besten Sendezeit. Erst werden die Sportübertragungen für einen live-Bericht von der Front unterbrochen, bald ist es umgekehrt. Die news beginnen mit dem Insert: SHOWDOWN… – doch eher Kino als Sport?

Wir haben nicht erst gewartet; unser Titel heute morgen:
DIE BOMBER FLIEGEN SCHON
Dazu das Bild eines niedlichen B52, von einem Kranz goldener Strahlen umgeben – unsere Grafiker wissen, was ankommt.
(Werde diesem Krieg weitere Notizen widmen müssen.)

Bin von Medien fasziniert und angewidert zugleich; gehöre jetzt selbst dazu: Seit gestern arbeite ich fürs BLATT, für die meistverbreitete Tageszeitung des Landes. Man nenne sie nicht Boulevardblatt; ihr Herausgeber ließ das kürzlich gerichtlich untersagen. Er nennt sie gern eine Volkszeitung, weil sie alle Schichten des Volkes anspräche und alle Klassenbarrieren gesprengt hätte… Sich selbst sieht er offenbar als Mann von Kultur, was eine gewisse Distanzierung von seiner Zeitung erfordert; im Fernsehen hat er geäußert, manchmal leide er „wie ein Hund" an dem, was im BLATT steht.

Dieses Land ist das am meisten fortschrittliche Medienland der zivilisierten Welt; es zeigt die höchste Form dessen, was man Medienkonzentration nennt, den höchsten Anteil an Boulevardblättern unter den Print-Medien, dazu den höchsten ausländischen Kapitalanteil in der Medienbranche.
Ich bin stolz auf dieses Land, auch wenn da ein paar Leute, „Intellektuelle", behaupten, die Reichweite seiner Boulevardblätter verhalte sich umgekehrt proportional zum Niveau seiner Bewohner.

So wird dieses Land – zu seinem Glück – nicht von seiner Regierung gelenkt, sondern von seiner erfolgreichsten Zeitung – was durchaus wörtlich zu nehmen ist: Unsere Ressortleiter agieren wie Minister, sind allerdings in der Regel kompetenter als diese, garantieren dem Land Kontinuität und ersparen ihm gefährliche Experimente. Regierungen kommen und gehn – das BLATT aber bleibt bestehen

---

Gera rümpft die Nase, als ich ihr mein Engagement beim BLATT gestehe.
Es gibt schlimmere Wege, seinen Unterhalt zu verdienen, sage ich; es kann auch nicht jeder ein so moralisches Fernsehmagazin produzieren wie du.
Gewiß, meint sie; es gibt kaum einen Journalisten heute, der noch Hemmungen hätte, für das BLATT zu arbeiten; und es geniert sich auch keiner mehr, es öffentlich zu lesen.
Das BLATT habe eben auf allen Linien gesiegt, stelle ich fest; nur Neider könnten dies leugnen.
Jedes Volk hat die Zeitungen, die es verdient, sagt sie.

Differenzierter heißt das wohl: Die Qualitätsverteilung bei den Zeitungen eines Landes entspricht der seiner Bevölkerung

---

Den Militärs sei Dank: sie verschonen uns peinlich mit Bildern von Leid und Tod, sorgen aber zugleich für eine publikumswirksame Ästhetisierung des Kriegs: exakte Zieloperationen auf Bildschirmen, spannend wie bei Videospielen, Faszination

von Waffen und high tech – der Krieg gerät zum ästhetischen Genuß.
Und nur vordergründig klagen die Medienmacher über die zensierten, so klinisch-sauberen wie wirklichkeitsfernen Bilder vom Krieg, die ihnen geliefert werden. Tatsächlich dient das dem Geschäft: Zuviel Leid im Bild wäre nicht bloß politisch riskant, es würde die Programme auch werbeuntauglich machen. Für Blut & Tod sorgen ausreichend die action-Filme.

Das BLATT, gelesen von wenigstens der Hälfte der Erwachsenen in diesem Land, will jetzt die Jugend stärker an sich binden, hat deshalb ein paar Jungjournalisten eingekauft, so auch mich, der ich mir als DJ beim lokalen Pop-Sender einen Namen gemacht habe, weil keiner die Tonträger so wirkungsvoll verreißen kann wie ich. Nichts interessiert eben sosehr wie unfaire Kritik – die ich mit Vergnügen bot.
Die besten Texte schrieb ich, wenn ich schlecht aufgelegt war. Man verfällt leicht in Grandiosität, wenn man täglich die Idole von Millionen vor dem Mikrofon hat und auf Senderkosten die Welt bereist.
Wer ständig mit bedeutenden Menschen zu tun hat, hält sich bald selbst für bedeutend. Und wer ständig – bei freier Wortwahl – über Genies redet oder schreibt, neigt dazu, sich selbst für ein wenig genial zu halten. Alle meine Kollegen beim Sender sind bedeutende Menschen, sie brauchen dazu nicht einmal mehr die Künstler, mit denen sie Programm machen. Leider schaffte ich es nicht so weit, eines Tages hielt ich mich für ungeeignet, so bedeutend zu werden.
(Wie bedeutend bin ich selbst eigentlich schon? Und will ich dieses Geschäft, über dessen Ziele und Methoden ich mir wenig Illusionen mache, tatsächlich selbst betreiben helfen?
Gut, in dieser Branche habe ich anscheinend die besten Chancen, mich profitabel zu verwerten.)

Den letzten Anstoß, aufzuhören, gab mir eine Hörerin, die – nachdem ich von den Beatles erzählt hatte – bei laufender Sendung fragte: Waren die Beatles eigentlich auch so berühmt wie New Kids On The Block?

Die Kriegsberichterstattung hat sich rasch zur Fernsehserie entwickelt – mit täglichen Fortsetzungen. Doch scheint es den Drehbuchautoren an Ideen zu mangeln, es fehlen die Ereignisse, es fehlen vor allem die Bilder der Ereignisse. Was man sieht, sind Videoclips der high tech-Waffenindustrie und digitale Simulationen des Pentagon.

Was bleibt vom Fernsehen, dem die Bilder fehlen?
Braucht es heute ohnedies nicht mehr zu sein als Rundfunk, dem man auf Wunsch ins Studio schauen kann?

Ich bin süchtig nach Schrift, der täglichen, heiligen Schrift. Jeden Morgen treibt mich diese Sucht in die Stadt, zu den Blättern an den Tischen der Straßencafés im aktivierenden Licht der Morgensonne. Mit den Morgenblättern meint man, die Welt und sein Leben im Griff zu haben, die Lektüre verhilft zu einem Aufschub von dem, was zu tun ist.
(Lese regelmäßig an die fünfzig Zeitungen und Magazine, wenige habe ich abonniert; früher, als ich mir die Cafés nicht leisten konnte, las ich – kostenfrei – in der Staatsbibliothek.)

Nicht bloß die trivialen Medien, auch die Intelligenzblätter können süchtig machen – etwa jenes montägliche Magazin oder jenes freitägliche Wochenblatt (beide aus Hamburg), deren Leser Realitätsverlust befürchten, wenn sie bloß eine Ausgabe versäumen.

Nutze auch die Hörfunkprogramme, trage stets ein Radio bei mir, nicht größer als ein Feuerzeug, doch Stereo-Hifi.

Eine Zeit, so komplex wie diese, läßt sich nur mit Hilfe ihrer Medien erfassen. Medienignoranz bewirkt Realitätsverlust, dieselbe Wirkung hat allerdings auch die Nutzung bloß e i n e s Mediums.
Zudem: ein annähernd realistisches Bild gewinnt man nur durch den Vergleich der subjektiven Bilder mehrerer Medien. Medieninhalte sind nicht als Beschreibung zu lesen. Sie haben mit Tatsachen wenig zu tun, sie sind reine Zeichen und Gesten. Dem klaren Blick wäre auch förderlich, Distanz herzustellen zwischen sich und der Medienwelt, etwa durch zeitversetzte Rezeption: Zeitungen jeweils erst drei Wochen nach ihrem Erscheinen zu lesen – alles vordergründig Aufgeregte, vom Wesentlichen Ablenkende entfiele damit.

Stelle fest, daß es zunehmend schwieriger wird, Gedanken so zu formulieren, wie man sie noch nicht in Zeitungen gelesen hat.

Reporter sein ist nicht leicht; Kollege Schleim* klagt heute bitter: der Gatte einer Frau, die eben bei einem Autounfall ihr Kind im fünften Monat verloren hatte, sei gegen ihn tätlich geworden, habe ihm gar einen Tritt versetzt. Dabei wollte er doch nur in Ausübung seiner beruflichen Pflicht Details wissen, etwa

welches Geschlecht der Embryo denn gehabt hätte, welcher Name denn für das Kind vorgesehen war etc.
Der Herausgeber, der weiß, worauf es ankommt, tröstet Schleim: mit dieser story wäre er ohnedies nicht ins Blatt gekommen, und wenn die Frau zehn Kinder verloren hätte; er solle lieber sofort den Fall jenes Frauenarztes nachrecherchieren, dem vorgeworfen wird, seine Patientinnen im gynäkologischen Stuhl zu mißbrauchen, angeblich ohne daß die Frauen das bemerkten (!)

Ließ während der Redaktionssitzung heute (anwesend der Herausgeber und Eigentümer sowie unsere Starreporter Rechthalter* und Schleim) ein Tonband mitlaufen; jetzt, da ich es abspiele, glaube ich, an einer anderen Sitzung teilgenommen zu haben: Was auf dem Band zu hören ist, sind offenbar zivilisierte Menschen, die Themen, Schlagzeilen, Texte diskutieren, auffällig weder in Form noch in Inhalt; was ich simultan dazu tatsächlich hörte, klang etwa so:
HERAUSGEBER
Was haben wir für heute?
RECHTHALTER
Noch nicht viel passiert, leider.
HERAUSGEBER
Was heißt: noch nicht viel passiert? Für uns passiert immer was. Es kommt bloß auf den Willen an!
SCHLEIM
Ich hätte da den Mord an einer jungen Frau... wie klingt das (er spricht etwas lauter, hebt dazu die Arme als Gänsefüßchen):

* Namen vom Verfasser geändert

WIEDER JUNGE FRAU GESCHLACHTET?
HERAUSGEBER
Geschändet wenigstens auch?
SCHLEIM
Ein wenig.
HERAUSGEBER
Das ist nicht genug. Details?
SCHLEIM
Sie war das, was wir im allgemeinen nur lebenslustig nennen dürfen.
HERAUSGEBER
Eine Hure kommt mir nicht auf den Titel. Nicht einmal mit dem Messer im Fleisch. Wenns wenigstens eine höhere Tochter wäre. Oder wenn der Tod beim Geschlechtsverkehr eingetreten wäre...
SCHLEIM
Ich habe ein Aktfoto von ihr.
HERAUSGEBER
Wie Sie das wieder geschafft haben, Schleim; haben wir auch ein Bild von der Leiche?
SCHLEIM
Haben wir!
HERAUSGEBER
Auch nackt?
SCHLEIM
Gewiß!
HERAUSGEBER
Warum sagen Sie das nicht gleich? Zeigen Sie her!
(er nimmt die beiden Fotos von Schleim, hält sie nebeneinander)
Ja... so ginge es... sieht gut aus... Wir stellen sie nebeneinander, die Nackte und die Leiche.
RECHTHALTER
Die nackte Leiche.

HERAUSGEBER
Wie?
RECHTHALTER
Die Nackte und die nackte Leiche.
HERAUSGEBER
Achso. Aber der Biß fehlt noch, der journalistische. Das, was die Tat über den Einzelfall hinaushebt. Denken Sie an den (hebt die Stimme) gesellschaftspolitischen Zusammenhang, Schleim!
SCHLEIM
(denkt nach, kritzelt dabei auf ein Blatt Papier)
Wie klingt das? (hebt wieder die Arme zu Gänsefüßchen)
WIEDER JUNGE FRAU GESCHLACHTET
WIE LANGE SIEHT REGIERUNG ZU???
HERAUSGEBER
Schon besser. Aber noch fehlt das Ziel, die Vision, verstehen Sie?
SCHLEIM
Verstehe (kritzelt wieder auf Papier); dann so:
SCHLACHTEN EINFACH JUNGE FRAU
UND REGIERUNG SIEHT ZU
OPPOSITIONSFÜHRER MÖCHTEL FORDERT HARTES DURCHGREIFEN
HERAUSGEBER
Sie wissen ja, wies geht. Und jetzt im Text noch den Hinweis auf die Todesstrafe für Vergewaltiger, die wiedereinzuführen diese allzu liberale Regierung sich hartnäckig weigert...
RECHTHALTER
Wofür sie vom Wähler gewiß die gebührende Antwort erhalten wird.
HERAUSGEBER
Sag ich ja! Aber weiter. Was haben wir sonst noch frauenmäßig?
RECHTHALTER
Nichts.

HERAUSGEBER
Gar nichts?
RECHTHALTER
Gar nichts!
HERAUSGEBER
Keine mißhandelte Gattin?
RECHTHALTER
Nichts.
HERAUSGEBER
Kein Mord an einer ungetreuen Geliebten?
RECHTHALTER
Nichts.
HERAUSGEBER
Nirgendwo ein Kind gequält?
RECHTHALTER
Nichts.
HERAUSGEBER
(beinahe flehend) Nicht einmal eine aufgeschlitzte Katze?
RECHTHALTER
Leider.
HERAUSGEBER
Meine Herren! So geht das nicht! Wie stellen Sie sich das vor? Die Konkurrenz schläft nicht. Wir können nicht einfach darauf warten, bis jedes Gerücht verifiziert wird. Wir müssen rasch zuschlagen!
RECHTHALTER
Daher die Schlagzeile.
HERAUSGEBER
Kein BLATT ohne Mord. Klar?
RECHTHALTER & SCHLEIM
Klar. Kein Mord ohne BLATT.
HERAUSGEBER
Wir müssen immer die ersten sein am Ort des Geschehens; noch vor Polizei und Rettung. Und wir sorgen zuerst für anständige

Bilder, für erste Hilfe sind wir nicht zuständig. Notfalls legen wir uns das Opfer ein wenig zurecht, heben seinen Kopf aus der Badewanne, in der es ertrunken ist. Wir brauchen wieder mehr Biß, meine Herren! Wozu haben wir Ihre Kolumne für den täglichen, schonungslosen Angriff, Rechthalter? Denken Sie nach, meine Herren!

SCHLEIM

Naja, da wär noch der Arzt, der seine Privatpatienten zu unnötigen Operationen überredet hat...

HERAUSGEBER

Naja...

SCHLEIM

Und dabei noch die Einrichtungen eines öffentlichen Spitals...

HERAUSGEBER

Das ist interessant! Mißbrauch von Steuergeldern! Nehmen wir! Wie nennen wir den Arzt?

SCHLEIM

Teufelsarzt?

HERAUSGEBER

Hmmm, liegt zu nah an Teufelskerl.

SCHLEIM

Satansarzt!

HERAUSGEBER

Satansarzt ist gut.

SCHLEIM

Allerdings...

HERAUSGEBER

Allerdings?

SCHLEIM

Ist nicht ganz klar, daß die Operationen wirklich nicht medizinisch indiziert waren.

HERAUSGEBER

Das schreiben Sie ruhig; „medizinisch indiziert" versteht sowieso keiner. Was bleibt, ist der Satansarzt... Aber weiter, meine Herren! Wir brauchen Ereignisse, die ans Herz gehen! Und was geht ans Herz? Das Schöne und das Schreckliche gehen ans Herz! Das Schreckliche haben wir vorerst, zum Schönen also!

SCHLEIM

Die Titten!

HERAUSGEBER

Genau, die Titten! Also, wo sind die Titten?
Ich muß sie sehen. Mir kommen keine Titten ins BLATT, die ich nicht selbst begutachtet habe.
Es gibt selbstverständlich keinen Tittenzwang beim BLATT. Aber harte Nachrichten brauchen eine weiche Verpackung.

RECHTHALTER

Fürs Herz hätte ich da noch ein Baby.

SCHLEIM

Und ich ein Hundebaby.

HERAUSGEBER

Hundebaby ist besser. Bringt mehr Leser.

RECHTHALTER

O Gott!

HERAUSGEBER

Was wollen Sie? Der Köder muß dem Fisch gefallen, nicht dem Angler.

RECHTHALTER

Und der Fisch wird verspeist, nachdem er angebissen hat.

Der Mensch als Journalist bedauert offenbar an manchen Tagen, daß „heute noch nichts passiert ist“ – gewiß, man wünscht niemandes Unglück, doch erschwert Mangel an Unglück leider den Beruf

---

Gera ist empört: Bis jetzt gibt es 20.000 Tote in diesem Krieg, und was schreibt dein Drecksblatt auf der Titelseite?
120 PONYS ALS KRIEGSOPFER –
MASSAKER IN GESTÜT
Ich bin überzeugt, fährt sie fort, keiner in deiner Redaktion verstünde, weshalb das zynisch sein soll.
(Wie empört wäre sie erst, wüßte sie schon unseren Titel von morgen:
RETTUNGSAKTION FÜR PONYS
WIR HOLEN SIE VOM KRIEGSSCHAUPLATZ
Wenn sie meint, wir würden uns nur um die Ponys kümmern, tut sie uns unrecht, wir veranstalten jetzt auch eine Sammlung für die Flüchtlinge.)

Das BLATT profitiert, wie auch die anderen Medien, von diesem Krieg: höhere Auflagen, mehr Leser, Seher, Hörer; höhere Werbeeinnahmen als Folge. Dieser Krieg scheint erstmals mehr Mediengeschäft zu sein als Waffengeschäft.

Meine Stadt ist nicht die, in der ich wirklich lebe, auch wenn ich viel Zeit in ihr verbringe; bin an mehreren Orten zu Hause. Eine Stadt – das sind für mich ein Dutzend Cafés, Bars, Restaurants, Straßen, Plätze und Passagen, ein paar Bühnen, Museen, Hallen, eine bestimmte Stimmung, die Identität einer Gruppe von Menschen, komponiere daraus mein persönliches Ensemble.
Habe dem Herausgeber eine wöchentliche Rubrik vorgeschlagen; Arbeitstitel METROPOLEN / SZENEN; darin soll über eine Metropole geschrieben werden, die nicht konkret geographisch ist, sondern imaginär, eine Collage aus Fragmenten verschiedener – realer – Städte.
Man will noch überlegen. Klingt ein wenig zu intellektuell,

meint Rechthalter dazu, und was auch nur ein wenig intellektuell ist, kannst du vergessen.

Urbanität sollte in den Zeitungen zum Ressort Kunst gehören, was meist nicht der Fall ist. Man sieht sie bloß als erweiterte Architektur.

Viele Städte möchten heute Metropolen sein; manche sind es – unverdient – noch wegen ihrer historischen Bedeutung.
So wie diese

Faszinierend in diesem Krieg: nicht etwa das Bild der Toten aus dem zerstörten Bunker in B., sondern das Zielobjekt im Fadenkreuz einer selbstlenkenden Rakete, von deren Spitze eine Kamera den Zielanflug überträgt, direkt in die Fernsehnetze und bis zum Einschlag, den man als Bildstörung erlebt – das ist Aktualität!

Dieser Krieg leistet zugleich Medienerziehung: die Kriegsberichte sind ganz offen zensiert, jedermann weiß es. Das „cleared by…“ bringt das Publikum erstmals dazu, über das Gebotene nachzudenken, auch zwischen den Zeilen zu lesen.

Angst wird zu einem der wirkungsvollsten Appelle, Zeitungen zu kaufen. So nehmen wir den kleinen Putsch in einem – allerdings Atomwaffen besitzenden – Staat zum Anlaß für eine unserer so effizienten Schlagzeilen:

DIE WELT IN ANGST!
Gutes Handwerk!

Der Herausgeber über seine Zielsetzungen: Unsere Zeitung muß wie Fernsehen sein, alles angenehm sehbar und erlebbar, rasch und einfach zu erfassen. Unsere Schwerpunkte sind Herz, Gefühl, Liebe. Selbstverständlich zielen wir auch auf die Neugier und die Erregungsfähigkeit des Publikums. Dabei wollen wir das Volk zu einer Gemeinschaft fügen; es soll ein Zusammengehörigkeitsgefühl entstehen, wie es sonst nur in einem Fußballstadion aufkommt.

Gerichtsverhandlungen werden immer beliebter beim Publikum. So haben wir jetzt begonnen, unsere Leser über Schuld oder Unschuld der Angeklagten abstimmen zu lassen:
HAT K. SCHMIDT VERGEWALTIGT?
JA Tel. 8848842
NEIN Tel. 8848843
Gera spricht humorlos von der gezielten Beeinflussung von Richtern und Geschworenen.
Ist nicht unser Publikum etwas wie ein qualifizierter Schwurgerichtshof? Ist dies nicht die totale Verwirklichung der Idee von der Teilnahme des Volkes an der Rechtspflege?
Ja, sagt Gera, aber euer Volk kennt die Fakten nur aus dem BLATT.
Na eben, sage ich, um sofort zurückzuschlagen mit einem dezenten Hinweis auf ein neues Programm ihres Senders:
EINMAL HABEN WIR UNS GELIEBT
Dabei werden jeden Abend um 19 Uhr Paare provoziert, vor der Kamera ihre Streitigkeiten auszutragen. Jede Seite darf ihre Zeugen mitbringen, die ebenfalls gegeneinander gehetzt werden. Es wird meist sehr lustig. Durch Gongschlag werden die

Runden eingeleitet und beendet. Nach dem Kampf beurteilt eine Jury, bestehend aus angeblich harmonisierenden Paaren, die Streitenden, dann darf das Publikum darüber abstimmen, wer im Recht ist.
Das ist Unterhaltung, sagt Gera.
Eben, sage ich

ERFREULICH HARTES URTEIL ist unsere Schlagzeile: Ein sogenannter „Künstler", schon bisher von der Redaktion nicht eben geschätzt, wurde wegen Vergewaltigung zu sieben Jahren Haft verurteilt. Schon einen Tag zuvor haben wir auf Seite eins vorgebaut:
„KÜNSTLER" VERNIEDLICHT SEINE UNTATEN
– der Richter hat verstanden.
(Da nützt auch nicht, daß der Verurteilte murrt, sieben Jahre bekäme man hier sonst für Mord.)

Immer wieder der Vorwurf, Blätter wie das unsere gefährdeten die Unabhängigkeit der Rechtssprechung, beseitigten praktisch die Unschuldsvermutung etc. – Was soll Vorrang haben? Das Recht auf Information oder die Unabhängigkeit der Justiz?

Was willst du, sage ich Gera: Medienjustiz hat der staatlichen Rechtspflege doch einiges voraus – auf bestimmte Fälle spezialisierte Journalisten sind an Kompetenz und Motivation jedem durchschnittlichen Staatsanwalt doch weit überlegen. Sie können Informanten Vertraulichkeit garantieren und Belohnungen versprechen. Sie sind auch international beweglicher,

weil mit höheren Spesenbudgets ausgestattet, und sie sind weniger bürokratischen Beschränkungen unterworfen.
Zugegeben, sagt Gera, dafür liegt bei diesem System auch der Justizirrtum im persönlichen Interesse des Journalisten.

Sind es nicht die Medien, die endlich die Klassenjustiz erschweren, sage ich.
Ja, sagt Gera, langsam entsteht aber eine umgekehrte Klassenjustiz: weil sie medial mehr hergeben, haben Prominente bei Prozessen mit schärferer Gangart der Medien und auch der Richter zu rechnen.
Ob die Medienjustiz gewinnt, liegt allein an den Richtern; die können bei der Rechtsfindung die Medien ja ignorieren, sage ich. Sich gegen die Medien behaupten zu müssen ist ohnedies die einzige Legitimation ihrer immer noch bestehenden Unabsetzbarkeit und Unversetzbarkeit (einst eingeführt zum Schutz gegen absolutistische Monarchen)

Das Medienbild dieses Kriegs bringen die Sender anläßlich der Rede des bekämpften Diktators:
Im Bild ein Kurzwellensender von Sony, der Markenschriftzug deutlich sichtbar, sonst nur die Stimme des Redners, die manchmal im Rauschen der Sender verschwindet, einmal zwei Finger, die den Sendersuchknopf ein wenig justieren, praktisch 35 Minuten Standbild, aus dem Off die Stimme des Übersetzers – sonst nichts.

Ob ich fernsehe?
Nein, ich sehe mir bloß die Nachrichten an. Früher führte ich

Fernseher, Clock und digitales Notebook mit mir, alles in einem und nicht größer als eine Zigarettenschachtel. Habe das aufgegeben. Bin auch nie zu Hause, wenn ein Fernsehprogramm läuft; lasse jetzt zwei Recorder Teile davon aufzeichnen, die ich dann, an stillen Sonntagmorgen, durchsehe: auf zwei Monitoren zugleich und fast forward; absolviere dabei zumeist noch mein Trainingsprogramm an den Maschinen.
Manche Filme oder Bilder hebe ich auf. Indessen stapeln sich schon an die tausend Kassetten in den Regalen.
(Daß ich ein Mehrfaches davon an Büchern besitze, wird von Besuchern als merkwürdige, altmodische Exzentrik angesehen.)

Das BLATT hat heute die Abtreibungsdiskussion bereichert, zu den vorgesehenen – medizinischen und sozialen – Indikationen kommt jetzt die Medien-Indikation. Ein Massenmörder ist gefaßt worden, die Medien nennen ihn den Rosa Riesen, weil er einsneunzig ist und gern rosa Damenunterwäsche trägt. Seine ahnungslose Freundin ist indessen schwanger. Das BLATT bringt ein Bild des Mädchens auf der Titelseite, samt Adresse und Namen des Arbeitgebers unter der Schlagzeile:
SIE GING MIT DER BESTIE TANZEN, DANN INS BETT
Untertitel:
TREIB DAS KIND VOM ROSA RIESEN AB!
Als Zeugen werden dann die Eltern des Mädchens zitiert:
UNSERE TOCHTER WAR DEM MONSTER HÖRIG
Sie dürfen der Befürchtung Ausdruck geben, dieses Enkelkind würde wohl wie sein Vater werden.
Von einem Genetik-Professor läßt das BLATT sich noch bestätigen, daß „derlei Defekte über die Gene weitergegeben werden“ – saubere Arbeit, man kann durchaus von journalistischer Sorgfalt sprechen

In diesem Krieg werden TV-Übertragungen vom Schauplatz der Kämpfe nicht gestattet; sterbende Soldaten zu filmen – so das Argument der Militärs – verletze deren Würde. Sehr human von ihnen. Tatsächlich haben sie vom Vietnamkrieg gelernt: Fernsehbilder von toten Soldaten fördern die Antikriegsstimmung im Lande.

Man hat erkannt: zuviel Medien sind schlecht für den Krieg. Medien und Krieg sind Konkurrenten ums Publikum geworden.

Da das Reporterglück aus der Zeit des Vietnamkriegs – beim Sterben die Kamera draufzuhalten – jetzt vereitelt wird, hält man sich an die Zivilbevölkerung (ohnedies im modernen Krieg weit mehr gefährdet als die Uniformträger), filmt die weinende Kurdin mit dem sterbenden Kind im Arm, filmt die zerstückelten oder verbrannten Opfer von Flugzeugunfällen, Attentaten usw.

Verbale Berichterstattung überwiegt jetzt auch im Fernsehen, scheint ohnedies besser als Bilder geeignet zu sein, ein realistisches Bild zu vermitteln.

In meiner Stadtwohnung – die zu finanzieren mir jetzt das BLATT erleichtert – sind Videokameras installiert, nehmen auf, was sich bewegt, sind mein privates Bildgedächtnis, zugleich Instrumente der visuellen Autobiografie.
Noch nie waren Künstler wie jetzt in der Lage, ihren Biografen so ergiebiges Bildmaterial von sich zu überlassen.
(Jeder, nicht bloß der Künstler, sollte die Bilder seines Lebens

archivieren, dies auch für seine Kinder tun, solange diese selbst dazu nicht in der Lage sind.)
Video macht alles Leben musealisierbar.

Gera, die es gewohnt sein sollte, gefilmt zu werden, verlangt, ich solle die Kameras ausschalten, wenn sie bei mir ist

---

Das Geständnis des „Rosa Riesen“ steht uns noch vor dem Staatsanwalt zur Verfügung. Wir drucken es in vollem Wortlaut:
ICH HABE IMMER NUR TOTE FRAUEN VERGEWALTIGT
Das Dorf, in dem der Nekrophile lebte, wird von rund sechzig Journalisten – nicht alle vom BLATT – besetzt. Sie dringen in jedes Haus, jede Wohnung ein, fotografieren und befragen alles, das Elternhaus des Mörders wird belagert, auf die Gartenmauer sind die Teleobjektive gestützt, was sich im Haus bewegt, wird fotografiert, als der Vater der Bestie wegfährt, blockiert ihn Schleim, um zu einem Foto zu kommen (es kommt zu einer Kollision, Blechschaden). Zwei von uns gelingt es, sich ins Haus Eintritt zu verschaffen, indem sie sich als Kriminalbeamte ausgeben („Wir brauchen noch Beweismaterial“), gehen direkt zum Wohnzimmerschrank und nehmen das Familienalbum mit:
DIE BESTIE ALS KIND

Von Schleim gibt’s amüsante Geschichten, etwa die seiner großen Kriegsstory: Er sagt, er will nicht immer nur die kleinen

Skandalgeschichten bringen, er will auch einmal dort sein, wo Geschichte gemacht wird. Also schickt man ihn in den Krieg. Zurückgekehrt läßt er sich auf dem Cover abbilden, vor zerstörten Barrikaden, in Farbe, mit blutverschmiertem Hemd. Darunter der Text:
NEBEN MIR STARBEN DIE KAMERADEN

Kollegen schildern Schleims Einsatz aber so: die meiste Zeit hielt er sich im Hotel auf und beruhigte sich mit Whisky. In der Lobby ging er allen auf die Nerven, weil er sie auszufragen versuchte über den Kriegsverlauf draußen. Einmal, als nach einer längeren Schießerei alles wieder ruhig war, ging er mit einem Fotografen vors Hotel. Dort lagen noch die Leichen vom Vormittag herum. Mit ihrem Blut beschmierte er sein weißes Hemd, blutbeschmiert posierte er für die Fotos.
Schleim: „Die Stadt versinkt in einer Apokalypse des Grauens. Ich bewege mich durch die Hölle aus Blut, Feuer, Trauer. Überall Schüsse, Detonationen, Schreie, Sterben. Es gibt keine Gnade, gekämpft wird um jeden Häuserblock; ich mitten drin. Jeden Moment kann ein Feuersturm den Platz in ein Inferno verwandeln. Da ist er schon: Panzer schießen ein Haus in Brand WUMMMM, WUMMMM, WUMMM – das Geschützfeuer, Rattattattatta, Rattattattatta, Rattattatta – ein schweres MG."
Aber es kommt noch besser: Im besetzten Gebiet war es zu Unruhen gekommen; Kinder hatten Steine gegen Soldaten geworfen. Schleim fährt hin, um steinewerfende Kinder zu fotografieren. Als er ankommt, ist alles schon ruhig; die Armee hatte aufgeräumt, ein paar einzelne Kinder drücken sich verängstigt herum. Schleim gibt ihnen Geld, sagt: zeigt mir dafür, wie ihr die Steine geworfen habt. Die Kinder tun es, Soldaten eröffnen das Feuer, 2 Kinder sind tot

---

Die Militärs haben wirklich dazugelernt: Waren im Vietnamkrieg die Reporter oft vor den Militärs am Schauplatz, sind sie es jetzt erst nach vorheriger militärisch-szenischer Vorbereitung – um staunend das Ausmaß der Täuschungsmanöver zu registrieren, deren Objekt sie sind.

Immer schon wurden Kriege mit Hilfe überlegener Geschwindigkeit gewonnen. Doch heute geht es weniger um die Geschwindigkeit der Jets und Raketen, sondern um die von Information und Kommunikation. Erstes Ziel der Angriffe waren deshalb auch die Kommunikationsanlagen des Gegners. Aber nicht die Übermittlung militärischer Nachrichten galt es zu verhindern, sondern, daß die Anführer des Feindes weiter im Fernsehen auftreten.

Das Fernsehen dient der psychologischen Kriegsführung, der Steigerung des Wehrwillens, der Wehrkraftzersetzung wie auch der Selbstdarstellung der Führer. Ein Sieg in den Medien wiegt mehr als einer auf dem Schlachtfeld.

Nach der Landfront, der Seefront, der Luftfront ist künftig die Medienfront entscheidend für den Kriegsverlauf. Am Schlachtfeld siegt, wer im Fernsehen siegt; und die Schlachtfelder heißen ABC, BBC, CNN usf.
In diesem Krieg ist das beiden Seiten klar; Medienberater ersetzen vielfach Militärberater, militärische Strategien berücksichtigen Wähleremotionen.

Gestern große Szene mit Kolporteuren des BLATTs, durchwegs Ausländer, zumeist aus dem Orient. Zum Abschluß des –

wiederum erfolgreichen – Geschäftsjahres verteilt der Herausgeber warme Strickmützen und Schals; ein paar Kolporteure regen sich auf, weil sie zuwenig verdienen; außerdem noch Kaution erlegen müssen, ehe sie überhaupt für uns auf die Straße dürfen; sie regen sich darüber auf, daß sie exakt nach den Anweisungen unserer Marketingabteilung zu arbeiten haben, von der sie streng kontrolliert werden – trotzdem hat der Herausgeber es geschafft, daß Finanzamt und Arbeitsgericht sie als selbständige Unternehmer betrachten (was ihren Einsatz für uns enorm verbilligt).

Und dafür, sagt einer, stünden sie täglich auf den Straßen einer Stadt, in der es Chauffeure gibt, die sie gerne rädern würden, wenn gerade keiner hinsieht. Das BLATT, das immer wieder unter seinen Lesern die Angst vor Ausländern bestärke, sei daran nicht unbeteiligt. (Ein Türke z. B. verkauft als Kolporteur das BLATT, dessen Inhalt seinen Kunden dann aufhetzt, ihm eine Brandbombe ins Quartier zu schmeißen.)

Die Braut des „Rosa Riesen" macht Vollzugsmeldung
DAS BABY DER BESTIE –
ICH HABE ES ABGETRIEBEN
Das ist die neue Medien-Indikation: Abgetrieben auf Anordnung des BLATTs.

Sie hat ihre Eltern verlassen; dafür macht sie jetzt auf Kosten der Redaktion Urlaub, wir haben sie neu eingekleidet, bald zieht sie in eine Wohnung, die wir ihr zur Verfügung stellen.

Die letzte Fernsehstation im permanent bombardierten B. ist damit letzter Augenzeuge der Menschheit in dieser von der

Welt abgekoppelten Stadt. Die Geschichtsschreibung wird über wenig zuverlässigere Quellen verfügen.

Fernsehen als Endlosschleife: der Machthaber in B. läßt, als Teil seiner psychologischen Kriegsführung, TV-Berichte des gegnerischen Landes, die Demonstrationen von Kriegsgegnern zeigen, kopieren, konzentrieren, collagieren und das so gewonnene Material via CNN wieder ins Ursprungsland zurückspielen.

Zielselektion: Befragt über die Wirksamkeit seiner missiles sagt ein kriegsführender General: Alles, was man am Bildschirm sieht, kann man auch schon zerstören (die kürzeste Fassung der „Ästhetik des Verschwindens", für die dieser Krieg Anschauungsmaterial liefert: Tarnkappenbomber, digital simulierte Truppenbewegungen, Radar-Imaginationen ...).

Zur privaten Videonutzung: Die Videokamera erlaubt, zugleich vor und hinter ihr zu stehen, Subjekt und Objekt in einem zu sein: Szenen mit sich selbst als Darsteller sind zugleich am Monitor zu kontrollieren.
Die Kamera als ein Instrument der Distanzierung von sich selbst ermöglicht das Erlebnis: mit den Sinnen bereits wach den noch schlafenden Körper zu betrachten. Video ist insgesamt ein Instrument zur Distanzierung der Welt, läßt diese als Szenerie betrachten, alles, worauf eine Kamera sich richtet, ist Szene, Schauspiel, Simulation, Museum. Und als Distanzierungsmaschine ist Video zugleich Instrument der Kunst

Schleim liefert wieder ein Meisterstück: Hat den Kinderschänder von Ottakring hinter Gitter gebracht – und damit der Justiz wie der Öffentlichkeit einen Dienst erwiesen.
Daß der Inhaftierte wirklich der Gesuchte ist, steht zwar noch nicht ganz fest, hinter Gittern ist er jedenfalls.
Dies das Protokoll der Redaktionssitzung:
HERAUSGEBER
Was haben wir für heute?
SCHLEIM
Den Kinderschänder von Ottakring, exklusiv!
HERAUSGEBER
Den echten?
SCHLEIM
Ist noch nicht ganz heraus. Jedenfalls habe ich bei der Polizei interveniert, daß er sofort in Haft genommen wird.
HERAUSGEBER
Gibts Beweise?
SCHLEIM
Hat vor 5 Jahren ein Mädchen begrabscht. Mit 15. Man hat ihn deshalb routinemäßig zum Mord befragt. Und dann hat der Richter ihn wieder freigelassen.
HERAUSGEBER
Frechheit! Knöpfen Sie sich den vor.
RECHTHALTER
Hab ich schon. Wie gefällt Ihnen das:
UNVERANTWORTLICHER RICHTER LÄSST TRIEBTÄTER AUF UNSERE FRAUEN UND KINDER LOS!
HERR JUSTIZMINISTER
WERFEN SIE DIESEN RICHTER HINAUS!
HERAUSGEBER
Gut, aber wo können wir ihn wirklich packen?
RECHTHALTER
Er ist vor ein paar Jahren wegen einer unklaren Spesenabrechnung aufgefallen.

HERAUSGEBER
Da haben wirs: Korrupt! Und dazu liberal. Ich sags ja: Trau nie einem Liberalen! Was ist jetzt mit dem Täter?
SCHLEIM
Die Polizei hat ihn nach meiner Intervention sofort wieder in Haft genommen. Sein Anwalt macht einen Wirbel. Will ihn unbedingt freibekommen. Bietet ein Alibi an. Sagt, der Junge hat jetzt eine Frau, die ihm eben ein Kind geboren hat, das er noch nicht einmal sehen konnte. Drückt auf die Tränendrüsen. Inzwischen ist er im Gefängnis mißhandelt worden.
HERAUSGEBER
Von der Polizei?
SCHLEIM
Von den Mitgefangenen. Man hat ihm den Kopf in die Klomuschel gestopft. Sieht bös aus; der Anwalt behauptet: irreparable Schäden.
HERAUSGEBER
Am Klo?
SCHLEIM
Am Kopf.
HERAUSGEBER
Sehen Sie zu, daß er in Haft bleibt. Die Bevölkerung wird unruhig. Wir brauchen einen Täter. Geben Sie dem Polizeidirektor einen Wink: wenn er weich wird, ist es vorbei mit unserer sympathisierenden Duldung. Hat er nicht ein Alkoholproblem?
SCHLEIM
Wurde dementiert. Hat gesagt, man hätte ihn im Dienst noch nie betrunken angetroffen.
HERAUSGEBER
Kann auch heißen: immer wenn er betrunken ist, ist er außer Dienst…

Schleim hat beim BLATT als Witwenschüttler begonnen, sagt Gera; als einer jener, die nach Unfällen den Hinterbliebenen das letzte Foto aus dem Familienalbum reißen. Seine Spezialität war, sich als Pfarrer auszugeben, der das Bild fürs Kirchenblatt benötige... Wenn schon, sage ich; alle beginnen so

---

Die Jungs vom BLATT haben bereits erfolgreich die Aufgaben der Polizei übernommen, sie sind besser motiviert und besser bezahlt als diese, verfügen über mehr Möglichkeiten, etwa bei der Gewinnung von Zeugen durch finanzielle Zusagen. Verständlich, daß die von Journalisten aufgespürten Verbrechen auch mediengerecht verwertet werden, etwa indem man sie nicht sofort zur Gänze, sondern in Fortsetzungen enthüllt. Manchmal leidet ein wenig die Gerechtigkeit darunter, aber insgesamt ist die Bilanz sicher positiv.
Die Verbrechen sind immer mehr nach den Bedürfnissen der Medien geplant. Wie alle Personen des öffentlichen Lebens sind heute auch die Kriminellen medienorientiert.
Wird über sie im BLATT berichtet, steigt ihr Ansehen ungemein. Geiselnehmer etwa verlangen zu ihrem Schutz die Anwesenheit von Reportern, weil sie nur so vor Angriffen der Polizei sicher zu sein glauben, verlassen mit ihren Geiseln die Bank exakt zur Hauptsendezeit, wenn die Sender gar nicht anders können, als live zu übertragen, rechnen dabei mit Hemmungen der Polizei, vor laufenden Kameras den „finalen Rettungsschuß" anzubringen.

Bankräuber werden von Journalisten heute auf dieselbe Weise interviewt wie Minister oder Operntenöre, berüchtigt ist zugleich berühmt. Und für die Biografien von Staatsmännern

zahlt man weniger als für die Bekenntnisse von Drogenhändlern, Waffenschiebern, Mafia-Killern, Kindesentführern, Lustmördern usw.

Daß manche Untaten nur der Medien wegen begangen werden, ist eine böswillige Unterstellung von Neidern, wenn es auch nicht unwahrscheinlich erscheint, daß manches terminliche Entgegenkommen von Tätern oder manche bizarren und publikumswirksamen Begleitumstände von Taten speziell honoriert werden. Man kann aber gewiß sagen, daß keine einzige Tat n u r *der Medien wegen geschieht.*

Schleim erzählt, ein Typ habe ihn einmal gefragt, wie er es denn anstellen solle, mit einem Mord auf Seite eins zu kommen, auf welche Details die Redaktionen Wert legten, was unsere Leser am meisten interessiere etc. Der Mann wäre sogar bereit gewesen, uns den Zeitpunkt seiner Tat im voraus zu nennen, Schleim hätte ihm nur Vertraulichkeit zusichern müssen... und ich habe das abgelehnt, sagt Schleim.

Nicht nur der Polizei, auch der Justiz greifen wir gerne unter die Arme: unsere Leser finden wesentlich rascher zu einem Urteil als die beamteten Richter, sie würden auch sicherstellen, daß die Art der Strafe einem gesunden Empfinden Rechnung trüge, etwa indem sie für eine rasche Vollstreckung der Urteile sorgten, ganz im Sinne von Sparsamkeit und Prozeßökonomie.

Auch die Zensurgewalt haben die Medien lang schon vom Staat übernommen; staatliche Zensur wirkt allenfalls verkaufsfördernd, einzig wirksam ist – neben der Selbstzensur – die der Medien, die bis zur Vernichtung des Werks gehen kann.

Der Herausgeber erwartet von uns, Stimmung für die Wiedereinführung der Todesstrafe zu machen; jede Bluttat im Lande böte Anlaß dazu. Es sollte eine Volksabstimmung über diese Frage gefordert werden, den Politikern könne man hierin nicht mehr trauen

---

Einziges Thema der Redaktionssitzung heute: ein Mann, den sie den professore nennen, irgendein Kulturphilosoph, Professor für Semiotik einer mediterranen Universität, der gelegentlich halbwissenschaftliche oder sonstwie witzig gemeinte Bücher, die ohnedies keiner liest, publiziert und darin offenbar freche Bemerkungen über das BLATT von sich gibt. Man hat ihn bis heute ignoriert. Wissenschafter und Literaten seien ohnedies irrelevant, ist die Meinung des Herausgebers; sich mit ihnen zu befassen würde sie nur unnötig aufwerten. Jetzt aber plant dieser professore ein Theaterstück zu veröffentlichen, mit dem Inhalt: Der Herausgeber einer Boulevardzeitung will die Aufführung eines Theaterstücks verhindern, weil es beschreibt, wie der Herausgeber einer Boulevardzeitung die Aufführung eines Theaterstücks verhindern will, weil es… usf. Das muß verhindert werden. Die Parole des Herausgebers an alle Ressorts: Autor stoppen! Stück vernichten! Oder auch umgekehrt.

Die Braut des „Rosa Riesen“ steht jetzt auf unsrer Gehaltsliste – mindestens so lange, wie der Prozeß gegen die Bestie dauert, sagt der Herausgeber. Offiziell ist sie bei uns Schreibkraft, zu ihrem Job gehört aber auch, laufend von ihrem Liebesleben mit der Bestie zu berichten
DIE BRAUT DES „ROSA RIESEN“:

WIR HABEN UNS GESTREICHELT. GANZ ZÄRTLICH...
ER SAUGTE AN MEINER BRUST...
ER FAND ES SCHÖN,
WENN ICH IHN EINMAL
MIT DER HAND BEDIENT HABE...
Morgen ist sie nackt auf dem Titelblatt.

Der Herausgeber gibt einen Empfang. Ort: Seine neue Villa, kürzlich auf sechs Vierfarbseiten in „Casa" vorgestellt; Zyniker behaupten, der Bericht in „Casa" sei das Hauptmotiv für den Bauherren gewesen, sich sein Haus eine dreistellige Millionensumme kosten zu lassen – wieder ein Beleg für die These, daß heute selbst Werke der Architektur in Auftrag gegeben werden, bloß um „in die Medien zu kommen", wobei auch die Architekten nach dem Kriterium des zu erwartenden Medieninteresses ausgewählt werden.

Schon bei der Formulierung der Einladung geht man mit äußerster Sorgfalt vor, Schleim liefert als ghostwriter einige Dutzend Entwürfe, ehe einer davon die Zustimmung des Herausgebers findet. Es gilt, die geglückte Ersteigerung eines bei Sotheby angebotenen Gemäldes der Jahrhundertwendekunst zu feiern, wobei allerdings weder der Anlaß noch der Preis direkt erwähnt werden sollte. (Es darf allerdings erwartet werden, daß die Höhe des Zuschlags hinlänglich durch die Medien bekanntgemacht ist, das BLATT selbst berichtete von einer „alle Rekorde brechenden Auktion".)
Man gestatte sich, heißt es jetzt schlicht, zu einer kleinen Hommage an den Maler XY einzuladen.
Das ersteigerte Bild durfte dabei selbst nicht auf der Einladung wiedergegeben werden, es sei in letzter Zeit schon allzuoft zitiert worden, meinte der Herausgeber. Bloß einen kleinen,

wenn auch typischen Ausschnitt des Bildes gestattet er zur Reproduktion. Seine Devise ist: „Bescheidenheit soll sich nur jemand leisten, bei dem sie auch auffällt"; sonst sei der ganze Spaß ja umsonst.
Große Hektik auch um die neue Gulfstream des Verlags, die gerade noch rechtzeitig geliefert wird. Mit einer gewöhnlichen Turboprop wolle er seine Gäste nicht einfliegen, meint der Herausgeber, und läßt von einem schnell angeheuerten Trupp die Maschine noch im BLATT-Rot mit originalem Schriftzug bemalen („Wenn da nicht mein Name draufsteht, macht mir das Ganze keinen Spaß").
Für die einzufliegenden Gäste ist zuvor noch ein kleines Hotel („Nicht zu elegant, damit mein Haus sich gut davon abhebt") komplett zu mieten und festlich auszustatten

---

Durchaus repräsentative Auswahl unsrer genialen Schlagzeilen der letzten Zeit:
MIT DER 13. KUGEL
ERSCHOSS SICH DER TÄTER SELBST
(Was ist dagegen schon der Teufelspakt des Freischütz?)

KLEINES ERDBEBEN IM IRAN – NICHT VIELE TOTE
(So ein Erdbeben ist geradezu Verschwendung, wenn's dabei „nicht viele Tote" gibt.)

Ganz ohne böse Absicht wird ein qualifizierter Transplantationschirurg vorgestellt als
MESSERHELD AUS DEM ZILLERTAL

WARTETE IM GEPANZERTEN BMW
AUF SEIN HERRCHEN:
DACKEL SEPPI VON MINISTERPRÄSIDENT S.
(Dazu als Bild ein großes Porträt des Hundes.)

OPERNSÄNGERIN AN HUNDE VERFÜTTERT
(Sang sie so schlecht? Oder so gut?)

SÜSSE PIZZAVERKÄUFERIN LIEBTE IN 12 STUNDEN
3 MÄNNER.
BEIM 4. SAGTE SIE NEIN – ERMORDET!
(Fehlt nur noch: geschieht ihr recht.)

ARZT STECKTE SEINE FRAU IN DEN KÜHLSCHRANK
– VIER JAHRE LANG

STIEFVATER SCHOB KIND IN BACKROHR
(Es muß ja nicht immer die Hexe sein.)

MILLIONÄR VON GOLFBALL GETÖTET.
ES GESCHAH AM LOCH 9.
ER HATTE HANDICAP 21
(Fehlt nur noch:... und dazu trug er weiße Socken.)

JUNGGESELLE HEIRATET EIGENE MÖRDERIN
(Ein Fall von Nekrophilie – oder einfach ein Wunder?)

Jedenfalls: Die Auflage steigt. Und das Volk kann doch nicht irren.

Boulevardzeitungen scheinen tatsächlich die Nachfolge der Dadaisten angetreten zu haben.

Man könnte das BLATT als Gesamtkunstwerk lesen, als work in progress: seine Texte sind dadaistisch, Journalisten sind perfekte Collagenkünstler...

Eine Zeitung kann den Geist eines Landes fördern, sagt jemand. Aber mit der Geistlosigkeit sein Geschäft zu machen ist leichter. Es ist auch billiger, man spricht damit größere Zielgruppen an.

Der Medienkonsum macht heute alle zu Spezialisten für das Weltgeschehen der letzten vierundzwanzig Stunden, niemandem vermittelt er Kenntnisse der letzten tausend oder auch nur hundert Jahre.
Interessant wäre, die Zeitgeschichte einmal aus den Schlagzeilen und Titelseiten der Boulevardblätter zu rekonstruieren – vielleicht wäre damit einmal der Vorwurf zu entkräften, Geschichte sei stets die der Mächtigen. Wir schreiben die Geschichte der einfachen Leute.

Dank der Nachrichtentechnik – Fernmeldesatelliten, Satellitentelefon, digitale Netze... – laufen Ereignisse und die Medienreaktion auf die Ereignisse nahezu simultan; oft ist nicht mehr klar: was war zuerst.

Die Simultaneität von Ereignis und dessen Übertragung zeigt noch weitere Konsequenzen: Die Öffentlichkeit hat oft denselben Wissensstand wie die Regierungen; die Staatsmänner kommunizieren on-line vor den Augen und Ohren der Weltöffentlichkeit (was jedenfalls den Vorteil hat, die Geheimdiplomatie zu erschweren), Fernsehdiplomatie ersetzt zunehmend die herkömmliche, im Ernstfall kommunizieren die Politiker rund um die Uhr – stellen einander, ohne direkt miteinander zu sprechen, Forderungen, geben Antworten usw. Man hat CNN schon die Gegensprechanlage der Welt genannt; damit werden Journalisten zu Diplomaten – und die Welt ist in besten Händen…

Der HERAUSGEBER heute:
Was heißt, im Fernsehen sprechen sie von etwa hundert Toten? Wenn die hundert haben, haben wir zweihundert gesehen, was heißt gesehen? Gezählt haben wir sie!

Der Abend des Empfangs. Die Villa des Herausgebers, ohnedies groß geraten, erscheint durch hinzugefügte weiße Zelte noch gewaltiger, reichlich Personal in auffälligen Livrees, mit den Initialen des Herausgebers auf Rücken und Brust.
Beim Eingang ein Stau, dutzende Wartende, die eine Schlange bilden, aufgehalten durch den Herausgeber und dessen Tochter, die ein Nadelöhr bilden, das jeder – mit ein paar warmen Worten begrüßt und mit einigen Redensarten aufgehalten – passieren muß; alles vor den Fotografen und Kamerateams, die festhalten sollen, wie die Gesellschaft hier Schlange steht.

Auffallend am Haus ein riesiger Pool, dessen Boden aus einem kunstvollen Mosaik besteht: eins der berühmten Deckengemälde Michelangelos aus ungewohnter Perspektive: von oben nach unten statt umgekehrt.
„Manchmal lasse ich in diesem Pool meine Pferde schwimmen", erklärt der Hausherr einem Journalisten; „Eine schwierige Entscheidung war hier übrigens zu treffen: Sollte man die Figuren Michelangelos trotz umgekehrter Blickrichtung wie gewohnt, also von unten nach oben sehen, so als ob die Decke der sixtinischen Kapelle sich im Wasser des Pools spiegle, oder sollten wir den Blickpunkt von oben wählen, die Sicht Gottes, herab auf die Köpfe der Figuren".
Die Präsentation des ersteigerten Bildes folgt dann einer überlegten Dramaturgie: die Gäste im Kreis versammelt wie zum Gebet, Overtüre, Vorhang, ergriffenes Schweigen, dann läßt der Herausgeber ein paar klärende Worte sich nicht nehmen, einige überlieferte Anekdoten aus der Entstehungszeit des Werkes folgen, sodann gilt es, abendländische Werte zu bewahren, „die nicht alle in die Hände unsrer fernöstlichen Freunde fallen sollen", was ihm Anliegen und Herausforderung gewesen sei etc. Später ist man ganz ungeniert, einige Herren „lassen die Sau raus", wie sie das selbst nennen, was aber keine nennenswerten Angriffe auf die Körperlichkeit anwesender Damen bedeutet, sofern man nicht Herrenwitze fürs Werk nimmt, sondern Abstrakteres: „Und jetzt an die Waffen, meine Herren!" ruft der Herausgeber und eine Reihe Honoratioren, durchwegs in Frack oder Smoking, begibt sich in den Keller zu Waffenkammer und Schießstand, wo sie alsbald im Sand liegen und mit allerhand Schießgerät auf lebensgroße Fotografien nackter Pin-up-girls feuern. Großes Hurra und Applaus bei Treffern ins Schwarze, unterbrochen immer wieder vom lauten, feurigen Ruf: RATTATTATTATTATTA!

Wie wohl die gewiß hervorragend erzogene Tochter des Herausgebers sein BLATT beurteilt?

Schon seine Technik macht Video zum potentiell subversiven Medium: die Miniaturisierung der Kameras, die Lichtstärke der Objektive erlauben Aufnahmen an den Schauplätzen der Macht, auch wo diese sich nicht in die Karten sehen lassen will. Subversiv an V. ist jedenfalls: es dient der – auch emotionellen – Autonomie seiner Nutzer, macht die Bilder des Lebens und der Welt verfügbar und manipulierbar.

Exzessiver Mediengebrauch dient aber auch dem unfreiwillig Einsamen als Betäubungsmittel. Ist die Familie das Alibi des Einsamen, sind die Medien sein Anästhetikum.

Der Kanzler hat sich eine Blöße gegeben: die Fernsehgebühren sollen erhöht werden, noch vor der Wahl – das läßt sich nutzen.
Unsere Schlagzeile, Seite eins:
HÖHERE TV-GEBÜHREN
DIE SPINNEN DOCH!
FILME IMMER ÄLTER
FUSSBALL IMMER WENIGER
KAUM NOCH SHOWS
Grundbedürfnisse des Volkes sind es offenbar, die hier mißachtet werden.

Irgendein Idiot will den Weltrekord in Dauerfernsehen aufstellen; seit drei Wochen sitzt er vor dem Apparat, im Schaufenster

einer öffentlichen Passage, schläft hin und wieder dabei ein. Indessen sammelt sich dort Publikum, täglich mehr, diskutiert die Programme – schon lange wurde nicht so viel übers Fernsehen diskutiert.
Heute bildete sich eine Demonstration, die vor die Zentrale der lokalen Fernsehstation zog, um sie zu stürmen.
(Stieß darauf, als ich Gera morgens dort ablieferte.)
Die Ironie: Der Sender selbst tritt als Sponsor des Rekordversuchs auf

---

Nein, das ist kein Medienkrieg, das ist ein Krieg der Täuschungen mit Hilfe der Medien, deren Berichte offenbar, auch bei kritischer Nutzung, nicht ausreichen, sich ein einigermaßen realistisches Bild der Lage zu machen.
Das Fernsehen überträgt scheinbar, was der Fall ist, doch ist dies, auch wenn es wie Realität aussieht, bloß das, was die Kriegsparteien übertragen haben möchten.

Während im Vietnamkrieg amerikanische GI's nur dann zum Angriff und Tod bereit waren, wenn die Fernsehteams von ABC, CBS oder NBC mitfilmten, wird jetzt peinlich darauf geachtet, daß militärische Aktionen ohne Medienzeugen vonstatten gehen.

Auch die bewußte oder sogar erzwungene Absenz von Medien ist also heute konstitutiv für manche Ereignisse; manches unternimmt man eben nur, wenn keine Kamera dabei ist.

Ähnlich wirklichkeitstüchtig wie zynisch: Henry Kissingers Ratschlag an die israelische Regierung, zwecks Eindämmung der Intifada möge man einfach die internationalen Medien aussperren, dann könne man ganz ungeniert aufräumen (was auch so befolgt wurde, wenn auch nicht ganz mit dem erhofften Effekt).
Gewiß: Die Medien sind Teil auch der Strategie des Terrorismus; das heißt aber nicht: Ohne Medien kein Terror, sondern bloß: Ohne Medien eine andere Art von Terror.

Gera fragt, ob sie in ihrem TV-Magazin die story von Schleim, der in den Krieg zog, bringen kann – unter Berufung auf Informationen durch einen insider. Lehne das ab. Keine Beweise.

Im Café schlägt jemand Schleim auf die Schulter, sagt:
Toll, wie ihr es wieder dem Kanzler gegeben habt!
Für solche Momente, sagt Schleim später, lohnt es sich zu schreiben. Zugegeben, fährt er fort, ich bin nicht fair, ich bin vorsätzlich nicht fair, es ist auch gar nicht meine Aufgabe, fair zu sein, mit Fairneß bekommt man keine Leser. Die persönliche Schmähung ist das Salz meiner Artikel. Nur so gewinnt man Fans; viele Leser beziehen ihre Abneigungen direkt von mir.

Schleim glaubt tatsächlich, er könne in aller Freiheit schreiben, was er wolle. Aber alles, was er schreibt, deckt sich stets mit der Meinung des Herausgebers. Das liegt nicht daran, daß er sich ständig verleugnen müßte, sondern einfach daran, daß der Herausgeber ohnedies nur Leute anstellt, die verläßlich so denken, wie er es wünscht.

Wieder Ärger mit den Kolporteuren: Jetzt opponieren sie gegen die Brüllprämie (die wöchentlich dem zusteht, der das BLATT auf der Straße am lautesten ausruft). Nicht, daß sie diese abschaffen wollten, sie ist ihnen zu niedrig

Zeitungen wie das BLATT sind durchaus in der Lage, sich selbst erfüllende Prophezeiungen zu verbreiten. Die Schlagzeile

RIESENWIRBEL UM NEUE PLÄNE DER REGIERUNG

bewirkt diesen – auch wenn bislang alles ruhig gewesen sein sollte – tatsächlich.

Heute lautet der Titel

ES GÄRT IM VOLK

womit dieser Zustand entscheidend gefördert wird; Hunderttausende fühlen dieses Gären sofort in ihren Bäuchen.

Gera, wie üblich, scharfzüngig: Das einzige, was hier gärt, sind die Faulgase des von deinem BLATT selbst verbreiteten Drecks.

Sofort schlage ich zurück:

Und was ist mit eurer Kampagne für die Übertragung von Hinrichtungen im Fernsehen?

Generalprävention nennt man das, meint Gera.

Geschäft nennt man das, sage ich; schon jetzt würden spektakuläre Hinrichtungen, wie etwa die der Ceaucescus, international ersteigert.

Nicht von uns, meint Gera.

Ja, sage ich, aber nur, weil das französische Fernsehen euch überboten hat

---

Geras Satire über Schleims Kriegseinsatz wurde gesendet. Große Aufregung in der Redaktion. Schleim, der gerne austeilt, aber nichts einstecken will, ist erschüttert. Die Suche nach dem Verräter hat begonnen, da die Geschichte aber Gegenstand

allgemeinen Tratsches war, kommen hunderte in Betracht. Insbesondere was die steinewerfenden Kinder betrifft, die Schleim angestiftet haben soll, könnte er in Schwierigkeiten geraten. Der Herausgeber verlangt, daß Schleim die TV-Station klagt, der sträubt sich, redet herum, fürchtet offenbar, daß es Zeugen geben könnte. Man bringt die Geschichte mit dem professore in Zusammenhang, der Herausgeber erneuert die Weisung, ihn fertigzumachen, mit allen Mitteln, journalistischen natürlich – was aber reichen wird.
Nehmt euch auch dieser Journalistin an, sagt er noch; haben wir was gegen sie?
Noch haben wir nichts.
(Vielleicht finden sie raus, daß Gera sich nachts oft mit einem Typ zweifelhaften Charakters, da tätig beim BLATT, trifft.)

Überhaupt, sagt der Herausgeber, werden wir jetzt die Kampagne gegen das öffentliche Fernsehen verschärfen; so lange, bis der Regierung nichts mehr anderes übrigbleibt, als mir meine Fernsehlizenz zu geben. Schließlich erwartet unser Publikum von uns, daß wir ihnen auch die Bilder zu unseren Geschichten liefern. Fantastisch, sagt Schleim, da können wir dann endlich unsere Schlagzeilen auch verfilmen...

Anschließend wird über unser nächstes Preisausschreiben diskutiert. Wir wollen unseren Lesern die attraktivsten Gewinne bieten, die es je gab, Gewinne, die sich unsere Konkurrenz einfach nicht leisten kann. Nur so ist man heute im Zeitungskampf erfolgreich. Die Vorschläge: hundert Rolls Royce, Weltreisen, die schönsten Segelyachten... man einigt sich auf Villen samt Grundstücken und Erhaltungskosten für 10 Jahre

---

Die Überraschung, die mir Gera für die nächste Sendung angekündigt hat, ist der Auftritt des professore. Sie läßt ihn erst über sein Stück reden – nein, nicht das BLATT sei gemeint, den Stoff lieferten ihm mehrere europäische Boulevardzeitungen – dann aber doch über das BLATT: oft geniere er sich wegen dieser Zeitung, Bürger dieses Landes zu sein, das BLATT verbreite sensationslüstern Halbwahrheiten, Unbildung, Klischees, Vorurteile und Ressentiments; spreche vorzugsweise niedrige Instinkte an, provoziere Primitivreaktionen, verbreite Pogromstimmung, hetze zur Lynchjustiz, es predige Neid statt Großmut, Haß statt Toleranz, bevorzuge Aufregung statt Besänftigung, es klopfe dem Pöbel ständig auf die Schultern und sage dabei: Gut, nur weiter so!
Den Pöbel konkretisierte der professore dann: gemeint sei der fremdenfeindliche Pöbel, der antisemitische Pöbel, der chauvinistische Pöbel, der intellektuellenfeindliche Pöbel, der kulturbanausische Pöbel.
Auf Geras rhetorischen Einwand, Leute wie ihn bezeichne man im BLATT üblicherweise als Nestbeschmutzer, antwortet der Mann: Nestbeschmutzer sei, wer den Dreck macht und nicht der, der will, daß er beseitigt wird. Aber die Schmutzfinken sehen das gerne umgekehrt...
Jetzt wird man sehen, was Brutalität ist.

Jetzt reichts, sagt der Herausgeber; eine Prämie für jede Idee, wie wir den Kerl fertigmachen können.
Wir werden ihn jagen, bis wir ihn zur Strecke gebracht haben. Schleim schlägt vor, doch ein Mörderspiel zu veranstalten: wer ihn erlegt, erhält den Preis. Ja, sagt der Herausgeber, wir sollten wirklich eine Prämie auf seinen Kopf aussetzen, eine Million ließe ich mir den Spaß schon kosten.
Man beschließt, erstens, sich der literarischen Werke des professore anzunehmen. Ein Germanist der Universität, der

sich ohnedies ständig als Rezensent aufdrängt, soll das tun. Man beschließt, zweitens, einen Detektiv zu engagieren, der ihn beobachten soll: mit vier Mann, zwei Fahrzeugen, rund um die Uhr. Der Auftrag lautet, Angriffspunkte zu finden; demonstrativ werden folgende Möglichkeiten aufgezählt: Schulden feststellen, Wechsel aufkaufen, Bankverbindung zwecks Intervention eruieren, Material für eine – anonyme – Anzeige beim Finanzamt auftreiben, seine sexuellen Praktiken herausfinden etc. „Unsere Leser wollen die Wahrheit lesen und nichts als die Wahrheit" sagte der Herausgeber zum Detektiv, „und zwar bis morgen Mittag".

Drittens reagiert der Herausgeber diesmal persönlich:

DIE RATTEN KOMMEN

schreibt er, und weiter: Weil wir Erfolg haben, haben wir auch viele Neider. Wie die Ratten kommen sie aus ihren Löchern und versuchen, uns zu zerfleischen – mit vom Aas ihrer Gesinnung vergifteten Zähnen

---

Gera erinnert sich: In der Auseinandersetzung mit seinen Gegnern komme der Herausgeber immer wieder mit Ratten, manchmal auch mit anderen Tieren, Pinschern oder Schmeißfliegen – sogenanntem „zoophilen Journalismus". Und in jedem Fall seien es stets nur Neider, die ihn kritisieren; daß jemand ihn um sein Drecksblatt n i c h t beneidet, könne er sich offenbar nicht vorstellen – soweit Gera.

Es ist nicht, wie viele glauben, einfach Profitinteresse, was die Medienmacher treibt. Es gibt viele Wünsche und Bedürfnisse, die mittels Medien direkt, ohne den Umweg über Geld zu befriedigen sind.

Wirkungsvolle Strategie des BLATTs: obwohl wir solide den Markt beherrschen, nehmen wir die Haltung des ständig Verfolgten ein, tun wir so, als ob wir um unsere Existenz kämpfen müßten, uns gegen übermächtige und böswillige Kritiker behaupten.
Die Konkurrenz versucht, unser Gewinnspiel gerichtlich verbieten zu lassen. Das BLATT, so ihr Argument, führe den Wettbewerb zunehmend über die aufwendigsten Lottogewinne. Die Zeitungen verkommen zu Lotterielosen, bei denen es egal ist, welche journalistischen Inhalte sie transportieren. Das ausgelobte Geld käme durch Auflagensteigerung wieder herein

---

Zwei Gangster haben sich im Kassensaal einer Bank verschanzt, Angestellte und Kunden als Geisel genommen.
Wie üblich ist die Polizei beinahe gleichzeitig mit unseren Leuten am Tatort eingetroffen (aber eben nur beinahe); Kameras und Scharfschützen gehen in Stellung.
Da man vor Ort vorderhand nicht weiterkommt, ruft Schleim von der Redaktion aus an:
– Ist dort die überfallene Bank?
– Ja!
– Spreche ich vielleicht mit einem der Herren Geiselnehmer?
– Was wollen Sie?
– Ich will ein Exklusivinterview fürs BLATT: Können wir reden?
– Sagen Sie den Bullen, wir wollen einen schnellen Wagen und freies Geleit.
– Ich werd's bestellen. Was halten Sie von 100.000, exklusiv?
(Der Gangster legt auf.)
Der Herausgeber zu Schleim:
Sie starten sofort. Und kommen Sie mir nicht ohne Interview!

Dem Fotografen sagen Sie, ich will die rauchenden Pistolen sehen. Klar?

Von der Front:
Ein Reporter ins Mikrofon:
Meine sehr verehrten Damen und Herren! Wir melden uns vom Schauplatz des Verbrechens. Sie sind live mit dabei. Gleich werden die Geiselnehmer das Gebäude verlassen, um den bereitgestellten Fluchtwagen zu besteigen. Wir wissen noch nicht, wie es hier weitergeht, ob die Polizei versuchen wird, bereits hier die Entscheidung herbeizuführen oder ob sie mit Rücksicht auf das Leben der Geiseln abwartet. Meine Damen und Herren! Die Entscheidung, diese Szenen live auszustrahlen, ist uns nicht leichtgefallen. Wir sind aber zur Ansicht gelangt, daß es sich dabei um ein Zeitdokument handelt, das wir Ihnen nicht vorenthalten sollten... Da sind sie! Eben haben die beiden Gangster das Bankgebäude verlassen. Jeder schiebt eine Geisel als Schutzschild vor sich her. Die Gangster tragen schlecht sitzende Jeans, dazu T-shirts, das eine gestreift, das andere einfärbig schwarz mit der Aufschrift eines bekannten italienischen Modedesigners. Durch eine dichte Schar von Journalisten bahnen sie sich jetzt den Weg zum bereitgestellten Fluchtwagen. Sie sind locker und gut gelaunt, sie reden mit den Journalisten, sie wissen, daß diese ihnen momentan den besten Schutz bieten gegen allfällige Angriffe der Polizei – die sich übrigens hier nicht blicken läßt...

Das Mikrofon fängt Sätze der Journalisten ein wie diese:
– Und jetzt den Schwenk auf die Hand mit der Pistole... und langsam von der Mündung auf das Gesicht der Geisel. Gut so. Halt drauf! Ich will die Augen, ich will die Angst in den Augen sehen.

– Herr Geiselnehmer, bitte, können Sie uns etwas sagen für unsere Hörer?
– Bitte sehen Sie in die Kamera, Herr Geiselnehmer. Ja, gut so. Und könnten Sie bitte die Waffe etwas höher halten?
– Wenn Sie jetzt noch die Mündung ein wenig fester gegen den Hals drücken könnten?
– Nein, halten Sie den Revolver besser gegen die Schläfe!
– Könnte die Kleine nicht ein wenig weinen?
– Sie haben sich die beiden hübschesten Mädchen aus der Bank mitgenommen.

Ein Reporter ins Mikrofon:
Meine Damen und Herren! Wir sind bemüht, Ihnen das Schreckliche einer Geiselnahme hautnah vorzuführen. Sie sollten wissen, welche Gefühle ein Mensch in dieser Situation hat… Jetzt, meine Damen und Herren, haben die Geiselnehmer mit ihren beiden hübschen Geiseln im Fluchtwagen Platz genommen. Es handelt sich dabei um einen superschnellen Wagen einer gewissen Luxusmarke, die ausdrücklich von den Gangstern gewünscht wurde… Jetzt fahren die Geiselnehmer durch ein dichtes Spalier von Journalisten, Fotografen und Kameraleuten langsam an. Die Journalisten drängen dabei gewöhnliche Leute weg, die auch einen Blick in den Fluchtwagen werfen wollen. Ständig werden bei dieser Fahrt Mikrofone oder Kameras in den Wagen gehalten… da! jetzt winkt einer der Geiselnehmer einen Journalisten zu sich, spricht mit ihm, der Journalist steigt ein und weist ihm den Weg. Die Polizei, meine Damen und Herren, hält sich offenbar bewußt zurück, sie könnte auch inmitten der Menge kaum operieren. Die Gangster haben ihren Wagen inmitten einer Fußgängerzone angehalten; sogleich hält auch der Konvoi an Journalistenfahrzeugen; weit dahinter, blockiert, einige Polizeiautos. Der Gangster im Fahrersitz winkt einen Journalisten zu sich.

Gangster: Brauchst Deine Hände nicht obenzuhalten. Bist doch von der Presse, oder?
Journalist: Ja, ich... soll fragen, ob Sie nicht für ein Interview vor die Kamera kommen könnten.
Gangster: Soll nur herkommen. Aber die Polizei darf nicht dazwischenfunken, sonst...
(Er richtet die Mündung seiner Pistole auf eine der Geiseln; indessen haben andere Journalisten sich herangedrängt.)
Erster Journalist: Wir bieten eine halbe Million für die Exklusivrechte!
Zweiter Journalist: Wir bieten 700.000!
Dritter Journalist: Wir bieten 100.000 mehr!
Vierter Journalist: Und wir eine Million für die Filmrechte!
Zweiter Journalist: Moment mal, ich war zuerst da!
Ein Polizist in Zivil versucht indessen, an den Fluchtwagen heranzukommen, wird von Journalisten angehalten.
Journalist: Was wollen Sie hier? Sie sind doch kein Journalist
Polizist (leise): Polizei! Lassen Sie mich durch!
Journalist (laut): Fuchteln Sie da nicht mit Ihrer Pistole herum. Auch wenn Sie von der Polizei sind. Haben Sie überhaupt einen Ausweis?
Gangster: Ha! Polizei! Sofort weg oder wir erschießen die Geiseln!
Journalist: Noch nicht abdrücken bitte! Ich muß erst die Kassette wechseln...
Der Polizist zieht sich zurück, die Journalisten drängen heran.
Die Gangster drücken den Mädchen ihre Pistolen in den Hals; Reporter stecken die Köpfe bei den Autofenstern rein, halten den Geiseln Mikrofone vors Gesicht.
Journalist (zur Geisel): Wie fühlen Sie sich?
Geisel: Etwas geschafft, sonst ganz gut.
Journalist: Haben Sie Angst?
Geisel: Ja, ein wenig.

Journalist: Wie wurden Sie bisher behandelt von den Geiselnehmern?
Geisel: Ganz gut.
Journalist: Möchten Sie unseren Hörern noch etwas sagen?
Gangster: Genug jetzt! Holt uns lieber was zu essen.
Journalist: Gern, was darf's denn sein?
Gangster: Kaffee, Bier, Brötchen…
Journalist: Noch was?
Gangster: Ja, Handschellen vielleicht. Zwei Paar.
Journalist: Wir werden sehen.
Gangster: Und sagen Sie den Idioten von der Polizei, sie sollen uns da vorn die Straße freimachen. Und daß wir keinen von ihnen in der Nähe sehen wollen, wenn wir weiterfahren. Verstanden?
Journalist: Wird gemacht.

Die Gangster werden schließlich von der Polizei an einem anderen Ort, jedoch dort unter wesentlich ungünstigeren Umständen, gestellt. Eins der Mädchen stirbt im Kugelhagel.
In der Presse werden daraufhin Vorwürfe gegen die Polizei erhoben; der Innenminister des Landes soll zurücktreten

---

Unser Germanist erweist sich als Volltreffer: hat bisher durch Rezensionen für ein anderes Blatt sein Einkommen aufgerundet, wurde dort ausgebootet, sucht deshalb jetzt Anschluß beim BLATT. Daß man bei uns Wissenschaftler in nützliche Idioten einerseits und belanglose Idioten andererseits einteilt, scheint ihn nicht zu stören. Seinen Einstand gibt er nun mit einem scharfen Artikel gegen den professore:
UMSTRITTENER AUTOR ALS PLAGIATOR ENTLARVT!

Es seien in seinen Schriften zahlreiche Parallelen und Ähnlichkeiten zu und mit anderen literarischen wie wissenschaftlichen Werken festzustellen.
Gera meint dazu nur, gerade dieser Mix aus Zitaten und Sprachfragmenten sei anerkannte literarische Strategie dieses Autors und es sei beschämend, wenn ein Fachmann, der das wissen müßte, sich blöd stellt, um dem BLATT dienlich zu sein.
Der Herausgeber scheut keine Kosten: In einem Sonderheft, so kündigt er an, werde man die Werke des professore den plagiierten Texten gegenüberstellen.

Ein Richter wagt es tatsächlich, uns das neue Gewinnspiel zu verbieten. Es würde dabei psychologischer Kaufzwang ausgeübt, die Leute seien gezwungen, das BLATT zu kaufen, wenn sie teilnehmen wollten. Damit sei der Tatbestand des unlauteren Wettbewerbs gegeben.

Der Detektiv kündigt an, er verfüge bereits über Fotos, die den professore und dessen Geliebte zeigen – in verschiedenen Positionen. Als die Bilder in der Redaktion die Runde machen, von den Kollegen ausführlich kommentiert, erkenne ich darauf Gera, mit dem professore im Bett, offenbar durchs Fenster fotografiert. Der Herausgeber will die Frau unbedingt als Hure präsentieren, zehn Mann werden mit den Fotos losgeschickt in die Animierbars, sollen jemanden finden, der sie – und sei's gegen Bezahlung – als Prostituierte identifiziert

---

Gera erwähnt, das Stück des professore wäre indessen vom Staatstheater angenommen. Er erwarte, daß das BLATT genau-

so reagiere, wie im Stück beschrieben – womit er rechthaben dürfte, allerdings scheint er die Gefahren zu unterschätzen, denen er sich ausgesetzt hat.
Zu den Fotos meint sie nur, wenn überhaupt, würde sie nicht mich mit dem professore, sondern diesen – den sie schon länger kenne – mit mir betrügen. Was aber nicht der Fall sei, weil der professore absolut nichts gegen mich einzuwenden hätte. Im übrigen werde sie mit ihrem Anwalt besprechen, was gegen den Mißbrauch der Fotos zu machen sei.

Die Regierung verkündet den Plan, von den Zinsen für angelegte Kapitalien eine geringfügige Steuer einzuheben. Das hätte sie nicht tun sollen: Der Herausgeber, offenbar Besitzer erheblicher Guthaben, hat sofort eine Kampagne eingeleitet, dies zu verhindern. Im BLATT wird die geplante Abgabe nur mehr „Sparbuchsteuer" genannt – und alle kleinen Leute mit kleinen Spareinlagen können um ihr Erspartes fürchten... Wie Rechthalter zu sagen pflegt: Es ist nichts so blöd, daß unsere Leser es nicht glauben

---

In Geras Sendung nimmt sich der professore, unverzüglich eingeladen, diesmal kein Blatt vor den Mund:
Was gewisse Gossenblätter bieten, sei eine Mischung aus Blut und Herz, Sex und Tod, Ekel und Häme, Rufmord und Schadenfreude, Tratsch und Verleumdung, eine Mischung aus sensationsgierig aufbereiteten Fakten und aufdringlich-einseitigen Meinungen, aus Unbildung, Klischees, Ressentiments und Voyeurismus gepaart mit Denunziantentum... Diese Gossenblätter böten sogenannte Tatsachen, die der Leser höchstens instinktiv beurteilen, aber nie nachprüfen kann. Was sie an

„Informationen“ brächten, sei Meinung, nicht Wissen. Sie betrieben Lynchjustiz, indem sie Menschen laufend Schlimmeres antun als Zuchthausstrafen, sie stürzten Menschen ins Unglück, beriefen sich dabei mit dem besten Gewissen auf Pressefreiheit, sie betrieben Aufreizung zu Neid statt Ermunterung zu Großzügigkeit, bewirkten Kleinlichkeit statt Toleranz.
Dann widmet er sich Rechthalter:
Was diesen treibe, sei ein offenbar von Minderwertigkeitsgefühlen genährter, ohnmächtiger Haß gegen Intellektuelle und Künstler, die er gerne als hochmütige, selbsternannte Elite und im übrigen als völlig überflüssig bezeichnet. Rechthalter schreibe stets in einem überdrehten Tonfall, produziere in überschäumender Wut Tobsuchtsanfälle, die erleichtern, ohne etwas zu ändern, er verbreite Binsenweisheiten, diese dafür umso beharrlicher…

Darauf wird scharf zurückgeschossen: Es hat sich tatsächlich ein Hausmeister gefunden, der Gera anhand der Fotos, auf denen sie mit dem professore agiert, als Callgirl und Animierdame einer Bar zu identifizieren sich in der Lage glaubt.
Sie soll bei ihren Kunden bekannt sein als
SCHWEINCHEN, DAS ALLES MACHT
Der nächste Aufmacher steht damit fest; in der Redaktion reibt man sich die Hände (man hat noch nicht erkannt, daß es sich bei der Frau um jene TV-Journalistin handelt, die ohnehin zum Abschuß freigegeben ist; ich hindere sie nicht, in die selbstgegrabene Grube zu fallen).

Gera sieht ein, daß ich das Erscheinen der story nicht verhindern kann. Sie bereitet sich juristisch vor.
GERA
Euer Herausgeber beschmutzt anständige Menschen und macht

dafür unanständige zu Helden, wohl um damit von seiner eigenen Unanständigkeit abzulenken.
Was das BLATT so gefährlich macht, fährt sie fort, ist nicht allein die Bösartigkeit seines Herausgebers, es ist auch die unbestreitbare journalistische Qualität vieler seiner Mitarbeiter, die ihr Talent in den Dienst der schlechten Sache stellen. Das BLATT ist nicht einfach harmlos und albern, wie andere Boulevardzeitungen: es ist ein Kampfblatt.

Zugleich wird auch die Front gegen jenes ominöse Theaterstück eröffnet; man weiß jetzt, daß die Staatsbühne es aufführen wird. Der Text wird noch geheimgehalten, nur soviel ist klar, daß es sich dabei um eine sehr kritische Betrachtung der Leser von Massenzeitungen, geradezu eine Abrechnung mit ihnen handelt.
Schleim soll hauptsächlich den Kampf führen. Er muß zugeben, bislang noch nichts Entscheidendes gegen das Stück in der Hand zu haben. Der Herausgeber macht ihn vor versammelter Redaktion fertig: Er sei offenbar alt und müde geworden, er treffe nicht mehr die empfindlichen Stellen des Gegners, er traue sich nicht mehr, richtig zuzuschlagen, wovor er eigentlich Angst hätte? Sie, die Blattmacher, seien die Mächtigen im Lande, sie seien unüberwindlich. Wenn das einer wie der professore nicht begriffen hat, wird man's ihm einbläuen, so ein Pinscher, so eine Schmeißfliege von Schreiberling, der sich mit ihm, dem Herausgeber des BLATTs, bloß anlegen wolle, um Karriere zu machen, einer der sich erdreist, ein Stück über das BLATT zu schreiben, ihm müsse klargemacht werden, wer der Herr im Hause sei... Man möge im übrigen nicht glauben, sagt der Herausgeber, daß persönliche Rachsucht sein Motiv für den Kampf wäre; nicht er selbst sei beleidigt worden, beleidigt wurden die Millionen Leser des BLATTs. Schleim verspricht mit bewegten Worten zu beweisen, daß er noch nicht zum alten Eisen gehört.

Machen Sie ihn fertig, sagt der Herausgeber; als Mensch und als Künstler. Erst lassen Sie seine Werke verreißen, nehmen Sie sich dazu noch andere Autoren, die werden das gründlich und gern besorgen.
Dann setzen Sie seinen Verlag unter Druck. Lassen Sie dessen Produkte niedermachen oder boycottieren, bis man dort einsieht, daß man von diesem Autor besser die Finger läßt. Und dann machen Sie allen, die ihn sonst noch unterstützen, klar, daß ihnen unangenehme Zeiten ins Haus stehen, wenn sie sich nicht distanzieren. Die Freunde meiner Feinde sind meine Feinde. Klar?
Und nehmen Sie sich das Theater vor, das diesen Mist aufführen will; stellen Sie fest, was es an Subventionen kassiert, lassen Sie die Abrechnungen prüfen. Findet sich sicher was Gröberes. Ich kenne kein Theater, das alles ordnungsgemäß abrechnet. Ordentliche Buchhaltung scheint ein Feindbild jedes Theatermenschen zu sein. Und setzen Sie zugleich die Regierung unter Druck wegen der Subventionen. Ist ja unverantwortlich, diesen subversiven Mist mit Steuergeldern noch zu fördern. Dieser Kulturstaatsrat ist ohnehin der mediengeilste, der mir je untergekommen ist.
SCHLEIM
Solche Politiker lobe ich mir. Die haben die Bedeutung der Medien voll erk…
HERAUSGEBER
Und gehn Sie an die Schauspieler ran. Machen Sie klar, worauf sie sich da eingelassen haben und daß sie es sich kaum werden leisten können, in Hinkunft von uns ignoriert zu werden. Was der Fall sein wird, wenn sie darauf beharren, in diesem Stück mitzuspielen. Ein paar werden sicher abspringen. Dann muß man verschieben und umorganisieren, und es gibt Schließtage, womit wir dem Theater wieder Mißmanagement und chaotische Zustände vorwerfen können.
Und dieser Regisseur – kommt der nicht aus dem Osten?

SCHLEIM

Aus dem Norden.

HERAUSGEBER

Noch schlimmer. Gegen den schleichenden Anschluß muß man sich zur Wehr setzen. Wehret den Anfängen, nicht wahr, Schleim?

SCHLEIM

Haben wir immer gesagt.

HERAUSGEBER

Dem Regisseur machen Sie klar, daß seine Tage an diesem Theater gezählt sind. Wir haben genug Fremdarbeiter im Land. Wenigstens unser Staatstheater sollten wir vor fremder Unterwanderung freihalten.

SCHLEIM

Genau, Chef; unsere Politiker…

HERAUSGEBER

Sie überprüfen jetzt sofort die Arbeit dieses Regisseurs; recherchieren Sie die Flops, die er gebaut hat, auch die im Ausland, finden sie Unzufriedene im Ensemble, da gibt es immer irgendwelche Nieten, die gern dem Regisseur die Schuld geben, daß sie ihren Beruf verfehlt haben. Am besten, Sie initiieren einen Aufstand am Theater. Sein Regievertrag läuft ohnehin bald ab, der Minister wird es gegen unseren Willen nicht wagen, ihn zu verlängern… dieses Stück wird jedenfalls *nicht* aufgeführt, Schleim, dafür bürgen Sie mir. Und merken Sie sich: Es ist egal, *wie* man gewinnt, wichtig ist nur, *daß* man gewinnt. Den Sieger fragt keiner mehr nach seinen Methoden. Man darf nicht zimperlich sein, Schleim, wenn man die Macht, das Gute zu bewirken, erringen will

Seinem „Willen zur Kultur“ gab unser Herausgeber auch mit der Stiftung eines jährlich zu vergebenden Literaturpreises, der den Namen eines berühmten Literaten trägt, Ausdruck. Doch die Konkurrenz neidet ihm offensichtlich den Erfolg: Ein anmaßendes Wochenblatt aus Hamburg nennt unseren Herausgeber frech „Schmutzblatt-Verleger“. Er wühle im journalistischen Abgrund, mache seine Geschäfte mit Sex und Haß, mit Gewalt und Lüge. Und er möge es dem Land künftig ersparen, mit einem (nach der Lichtgestalt eines großen Dichters benannten) Literaturpreis, den er gut dotiert vergeben läßt, sich Ablaß von seinem schäbigen Tun erkaufen wollen.
Indessen haben die Mitglieder der Literaturpreis-Jury von sich aus die Konsequenzen gezogen: Sie „können es nicht mehr verantworten, einen Preis dieses Namens weiter zu verleihen, der von einem Verleger gestiftet wird, der ständig gegen jeden journalistischen Anstand verstößt“

Fernsehdiskussion
PROFESSORE
Die Intimsphäre der Menschen sollte nicht Gegenstand der öffentlichen Erörterung sein.
SCHLEIM
Dann kann ich es ja gleich aufgeben zu schreiben…
PROFESSORE
Die Verantwortung des Journalisten für seine Berichte umschließt nicht nur deren Richtigkeit, sondern auch deren Folgen…
SCHLEIM
Was denn nicht noch alles?
PROFESSORE
Ein Bericht über die Drogenszene kann zu verstärktem Dro-

genkonsum führen, die Bezeichnung Mörderspiel für einen Vorfall in der U-Bahn, bei dem jemand vor einen fahrenden Zug gestoßen wurde, kann zu einer Serie dieser Taten führen...
SCHLEIM
Nicht mein Problem.
Später wird Schleim vorgeworfen, er hätte einen Unschuldigen als Kindermörder von Ottakring hinter Gitter gebracht.
SCHLEIM
Ich habe selbst eine kleine Tochter, und so perverse Figuren machen mich krank.
Darauf der professore: Vielleicht sind Sie krank, Schleim; man weiß ja heute, daß Männer, die z. B. Homosexuelle so besonders aggressiv ablehnen, das tun, weil sie ihre eigene Homosexualität ängstigt. Fragen Sie Ihren Psychiater, Schleim, wie er es interpretiert, daß Sie so besonders aggressiv gegen vermeintliche Kinderschänder vorgehen...
Schleim schäumt vor Wut, droht mit einer Verleumdungsklage

Die „Schweinchen-story" ist erschienen
Gera trägt's mit Fassung.

Das Land ist voll mit Menschen, die durch Medieneinwirkung ihr Gesicht verloren haben; sie sind die lebenden Toten dieser Zeit. Da es aber immer mehr werden, herrscht bald wieder Gleichheit; man existiert einfach weiter.
Jeder frustrierte Journalist darf heute ungestraft jedermann mit Beleidigungen bedenken, für die er im Privatleben umgehend eine Ohrfeige bekäme.

Gera verlangt eine Entgegnung und klagt. Unser Zeuge, der Hausmeister, erklärt anderen Medien, er habe sein Interview mit Schleim im BLATT nicht wiedererkannt: So habe er das nicht gesagt.
Wir bleiben bei unserer Darstellung: der Zeuge habe die Frau anhand eines Fotos eindeutig als Callgirl identifiziert, daran ändere auch nichts, daß diese sich im Hauptberuf als Fernsehjournalistin entpuppte...

Ein Nachbar des professore sollte uns über dessen private Gewohnheiten Auskunft geben – was er erstaunlicherweise verweigerte. Sagte, er stehe mit seinem Nachbarn auf gutem Fuß, und was dem vorgeworfen werde, stehe bloß im BLATT, sei somit für ihn noch lange nicht erwiesen...
Frechheit!
Der Herausgeber weist in seiner großzügigen Art Schleim an, dem Unbotmäßigen einfach einen Scheck in den Briefschlitz zu werfen, das würde ihn gewiß gesprächiger machen.

Abends treffe ich Schleim an einer Bar in der City. Zum Vorwurf, er hätte einen Unschuldigen ins Gefängnis gebracht, meint er: Der ist ohnehin schon wieder draußen.
Man hat ihn dort schwer mißhandelt, sage ich.
Gut, er habe sich also geirrt, meint Schleim. Dafür habe er eben dafür gesorgt, daß eine junge Mutter, die man unnötig einsperren wollte, wieder freikam... gleicht sich eben alles aus...
Aha, sage ich

Die Haltung des Herausgebers zur Machtfrage: Nein, er besitze keine Macht, er kontrolliere bloß die Mächtigen, wenn das Macht sei, dann eine gute, gottgewollte, vom Volk legitimiert, dessen Stimme man schließlich sei. Das Volk sei seine Rechtfertigung, an den Kiosken finde täglich eine Volksabstimmung statt, die stets zu seinen Gunsten ende. Gewiß: der Erfolg seiner Zeitung eröffne ihm mehr Möglichkeiten als anderen, was aber bloß die gerechte Folge seiner Fähigkeiten sei; zudem diene, was er unternehme, dem allgemeinen Wohl. Wenn er seinen Wirkungskreis zu vergrößern trachte, etwa indem er darum kämpfe, auch Fernseh- und Rundfunkstationen zu betreiben, vermehre er damit bloß das allgemeine Wohl. Nein, die Medien besäßen nicht die Macht, neue Trends zu erzeugen, sie könnten bloß vorhandene Trends verstärken oder abschwächen. Zugegeben: Für den einzelnen sei Medienmacht manchmal spürbar, wenn Medien gezielt gegen jemanden vorgehen, kann das dessen Vernichtung bedeuten, aber das sei alles, was Medien an Macht besäßen...
(Medien sind also gar nicht besonders mächtig; „höchstens" können sie Einzelne vernichten – was will man mehr?)

Schleim erzählt, der Herausgeber habe ihm einmal gestanden: Er behaupte gern, keine Macht zu besitzen, weil er dann so herzlich über die verblüfften Gesichter seiner Gesprächspartner lachen könne.

Seine politische Strategie ist so einfach wie wirkungsvoll: Je schwächer die jeweilige Regierung, umso stärker ist er. Also läßt er im BLATT stets Stimmung gegen die Regierung und für die Opposition machen. Seine Leser verwendet er dann als Druckmittel gegenüber der Regierung, um bei ihr seine Wünsche durchzusetzen.

An einer allgemeinen Akzeptanz einer Regierung oder eines bestimmten öffentlichen Vorhabens ist er nicht interessiert. Bei öffentlicher Zufriedenheit gibt es für ihn nichts zu holen, nur das öffentliche Unbehagen dient ihm. Er hat's jedenfalls geschafft, daß keine Regierung einen Beschluß zu fassen wagt, ohne zu berücksichtigen, was wohl das BLATT davon halten werde.

Auch für Journalisten gilt:
Wer Macht hat, hält sie fest
Wer Macht hat, will mehr davon
Jede Macht wird genutzt
Jede Macht wird mißbraucht.

GERA
Volksabstimmungen, vor allem von bestimmten Medien unterstützte, führen nicht automatisch zu einer demokratischen Gesellschaft.
Einfach abstimmen zu lassen genügt nicht für eine Demokratie, man muß zuvor dafür sorgen, daß die Bevölkerung in der Lage ist, zu wissen, was sie tut; hier zeigt sich die nützliche wie die fatale Seite der Medien

---

Frechheit: Ein paar selbsternannte Besserwisser haben einen Preis gestiftet für die Zeitung mit den meisten nackten Brüsten, mit der höchsten „Busenrate", wie sie das nennen – bloß ein Vorwand, uns anzugreifen: Das BLATT hat den ersten Preis bekommen, der Herausgeber darf sich Tittenkönig nennen. Was wollen die Leute, sagt Schleim; unsere Leser brauchen doch

ihre heimeligen Mutterbrüste, sie fühlen sich sonst nicht wohl, sind womöglich noch aggressiver. Für jene übrigens, für die unsere Nackte auf Seite drei nicht mehr in Frage kommt, haben wir ja die Tierecke eingerichtet.
Gera berichtet ausführlich im Fernsehen über diese Lappalie, ist aber empört, als ich ihre Fernsehgesellschaft als „Sport- und Tittensender" bezeichne, dessen Funktionäre lieber nicht die prüden Ästheten spielen sollen.

Der Herausgeber einer sogenannten Qualitätszeitung erklärt: Wir in der Redaktion wissen meist mehr über das Kriegsgeschehen als unsere Männer draußen. Die brauchen wir nicht für die Analyse der Lage, sondern fürs Lokalkolorit. Und unsere besten Kriegskorrespondenten schicken wir jetzt ohnehin vor allem zu den Katastrophen im Inland, an die Kriegsschauplätze dafür unsere Philosophen und Literaturkritiker.

Der Kanzler war so unvorsichtig, eine Verschärfung des Kartellrechts für Medien anzukündigen. Dazu äußert er noch, daß marktbeherrschenden Zeitungsherausgebern nicht auch noch Fernsehlizenzen zu erteilen seien.
Mutig von ihm.
Unsere Schlagzeile für morgen:
ANGRIFF DES KANZLERS
AUF FREIE MARKTWIRTSCHAFT
MENSCHEN SOLLEN NICHT MEHR SELBST
BESTIMMEN DÜRFEN,
WELCHE ZEITUNGEN SIE LESEN
KOMMT STALINISTISCHE PARTEIDIKTATUR?

Man kann heute Zeitungskampagnen loslassen, wie früher Mörderbanden – mit ähnlicher Wirkung. Nur die Zeitungskampagne vernichtet den Feind total: erst seine Ehre, dann seine Existenz, seine Familie, seine Gesundheit, sein Leben

---

Stolz präsentiert Rechthalter seinen Text gegen das Stück des professore, blickt nach jedem Satz beifallheischend zum Herausgeber: Das ist der Gipfel! / Beleidigungen als Kunst / Ein größenwahnsinniger Autor hat in seinem Allmachtsrausch ein Stück geschrieben / das davon lebt / die Zeitungsleser dieses Landes / herunterzumachen / Die Schweinerei des Jahres / Ein Theaterstück als grobe Beleidigung unsrer Leser / Das ganze Land wird darin als Kloake hingestellt / Die paranoide Selbstdarstellung eines menschenverachtenden Zynikers / Wenn wir uns das gefallen lassen, geben wir uns selbst auf / Wir brauchen keine Belehrungen von Nestbeschmutzern / Vaterlandsverrätern und / linkslinken Revoluzzern / Staatsanwalt sieht keine Möglichkeit, gegen das Stück vorzugehen / „Die Freiheit der Kunst ist gesetzlich garantiert" / auch wenn Beleidigungen und Verleumdungen in das Stück eingearbeitet sind / So einfach ist das / Unter dem Deckmantel der Kunst ist wohl alles erlaubt / wir sind ja auch für die Freiheit der Kunst, aber / das sind Ehrenbeleidigungen und Schmähungen am laufenden Band, also Gesetzesverletzungen / und wo Gesetze gebrochen werden, enden auch in einer Demokratie die Freiheiten / egal ob es sich um die Pressefreiheit / oder um die Freiheit der Kunst handelt…
Schleim will nicht zurückstehen und improvisiert: Sudelstück! / Sollen wir jetzt zusehen / wie ein von unseren Steuergeldern bezahlter Regisseur / diese Entgleisung auch noch aufführt? / Schlimm genug, daß das gedruckt wird – müssen wir uns mit

dem Dreck auch noch bewerfen lassen? / Dieses Theater wird jährlich mit -zig Millionen aus Steuergeldern subventioniert / diese Sudelkampagne gegen uns bezahlen wir also auch noch selbst / Unbegreiflich, daß noch kein verantwortlicher Politiker gebührend geantwortet hat...

HERAUSGEBER

Ja! Heizen Sie den Politikern nur ein!

SCHLEIM

Das Theaterensemble selbst ist mehrheitlich gegen das Stück / Ein Teil der Schauspieler weigert sich bereits, an dieser Aufführung mitzuwirken / Der Regisseur hat das Haus entzweit / Er hat versagt!

HERAUSGEBER

Und jetzt der Minister!

SCHLEIM

Herr Minister! Wir sind strikt gegen eine Vertragsverlängerung für diesen Herren / Geben Sie ihm doch eine Fahrkarte in das Land, aus dem er kommt / Wir haben genug von der Arroganz gewisser fortschrittlicher Regisseure und Autoren / die das Publikum / scharenweise / in die Flucht schlagen...

HERAUSGEBER

Nochmal die Subventionen!

SCHLEIM

...und die immer mehr Subventionen brauchen.

(Schleim hat wieder seine Klasse bewiesen.

Manche Journalisten sind offensichtlich ein gelungenes Kondensat der Menschen, für die sie schreiben.)

Ein BLATT-Leser: Diese Zeitung ist wunderbar. Es macht mir gar nichts aus, wenn manches nicht stimmt, was drin steht. Ich lese es einfach gern.

GERA
Wirkungsvollstes Argument des BLATTs, mit dem es jedes mißliebige Projekt der Politiker zu Fall bringt, ist der Hinweis auf den „Steuerzahler, der das alles bezahlen soll". Damit ließe sich auch die allgemeine Schulpflicht wieder abschaffen.

Die Abhängigkeit des Journalisten einer Parteizeitung ist harmlos im Vergleich zur Abhängigkeit seines Kollegen, der für ein „unabhängiges" Blatt arbeitet, wo er den jeweiligen persönlichen Bedürfnissen seines Medienbesitzers, dessen Eitelkeiten, dessen Rachsucht, dessen Kleinlichkeit etc. vollkommen ausgeliefert ist. Da wagt nicht einer, so wie manchmal doch der Parteijournalist, gegen die gewünschte Linie zu opponieren.

Erst paßt sich die Schreibweise des Journalisten dem Niveau seiner Leser an, dann der Journalist selbst... Ist es nicht umgekehrt so, daß der Leser sich dem Niveau seines Leibblatts annähert?

Rufe gegen zwanzig Uhr jemanden wegen einer Recherche an, werde unfreundlich abgewiesen – habe gegen die wichtigste Benimm-Regel dieser Zeit verstoßen: Rufe niemanden zur Zeit der Abendnachrichten an, ebensowenig während der Übertragung von Fußballspielen, Autorennen, Schiabfahrten.

Die Termine der Fernsehprogramme ersetzen selbständige Einteilung des Tages- und Nachtablaufs, ersetzen auch den Ablauf der Natur: die Nacht beginnt mit Sendeschluß, der Tag mit Sendebeginn, die Freizeit ist Fernsehzeit.

Und das Ritual des täglichen Mediengebrauchs bringt Ordnung ins Leben (dabei ist kein Unterschied zwischen dem, der täglich bestimmte Zeitungen in bestimmter Reihenfolge liest, und dem, der täglich zur selben Zeit dieselben Fernsehsendungen und -serien konsumiert).
Die Leser sind angewiesen darauf, täglich alles an seinem Platz zu finden; die Ressorts der Zeitungen bieten die einzig verläßliche Ordnung der Welt; was gedruckt ist, ist geordnet, faßbar, archivierbar, erklärt Unerklärtes, bringt Neues in zuträglichen Portionen, bietet Lösungen für die Probleme der Welt etc.
Das Gespräch über Medien-Inhalte – und seien es bloß die von TV-Serien – hat das Gespräch übers Wetter abgelöst und ist meist ebenso ritualisiert und ohne Inhalt wie dieses. Und die Kommunikation über Medienprodukte schafft auch Identität, egal ob gleich vor dem Empfangsgerät oder später am Stammtisch oder im Büro – wenige, festgelegte Meinungen werden dabei zeremoniell ausgetauscht, mit geringen Variationen (Auf diese Weise schaffen Medien auch Verbündete oder führen – weicht die Meinung eines einzelnen allzusehr von der der Mehrheit ab – zur gesellschaftlichen Ausstoßung.)

Gera in ihrem TV-Magazin:
Es ist beschämend, wie hier gegen einen Autor und ein Theaterstück Haß entfacht wird / Die Situation ist ein Testfall dafür, wie ernst die Freiheit der Kunst genommen wird. Das BLATT hat wieder einmal ein passendes Objekt für das stets latente Empörungsbedürfnis seiner Leser gefunden / Diese Primitivität des BLATTs ist unglaublich / Und immer wenn man meint, sie hätte ihren Gipfel erreicht, übertrifft sie sich selbst /
Die verbiestertsten BLATT-Kolumnisten haben wieder einmal mit pöbelhaftem Bildungshaß ihre Giftspritzen entleert;

sie durften ihre gestaute Wut und ihre Ressentiments zur Schau stellen. Damit bestätigen sie selbst alle im Stück enthaltenen Angriffe auf die Journaille.

Der Herausgeber läßt Spitzenpolitiker für die Kampagne einspannen. Erst ermöglicht man dem Oppositionsführer Möchtel, unter Beweis zu stellen, daß er weiß, was das Volk bedrückt: Dieser Autor mißbraucht die Freiheit der Kunst auf Kosten der Steuerzahler / Sein Stück ist die paranoide Selbstdarstellung eines Menschen, der mit sich selbst nicht fertig wird / Für diesen Autor ist die Wissenschaft zuständig / Aber nicht die Literaturwissenschaft / Es ist nicht einzusehen, daß eine globale Beschimpfung der Zeitungsleser dieses Landes noch mit Steuergeld unterstützt werden soll / Er kann sein Stück ja in einer schönen Bedürfnisanstalt aufführen / Es sollte jedenfalls abgesetzt und sein Regisseur gefeuert werden… zum Schluß gibt es ihm Möchtel noch deutlich: WERFT IHN RAUS, DEN SCHUFT…
Dann der Minister für Kultur: Dieses Stück ist eine zynische Beschimpfung der Mehrheit der Bevölkerung / Und dafür soll der Steuerzahler auch noch zahlen / Soll sein sauer verdientes Steuergeld flüssig machen / Um sich von diesem Autor pauschal als infantilen Vollidioten und Zeitungsleser beschimpfen zu lassen.
(Der Herausgeber fordert, den Zeitungsleser zu streichen; infantiler Vollidiot genüge.)
Einzig der Kanzler spielt den Mutigen, bekennt sich zur Freiheit der Kunst – auch den Medien gegenüber.
Der Herausgeber selbst weist ihn zurecht: Der Kanzler sollte wissen / Was die Bürger dieses Landes / wirklich denken / Über eine solche Besudelung / Durch einen sogenannten „Künstler" / Und was sie von Politikern halten / Die derartiges ungestraft zulassen / Und was tut der Kanzler? / Er beharrt

auf dem Prinzip der Freiheit der Kunst! / Mit dieser vornehmen Zurückhaltung wird er Probleme bekommen / Vor allem bei jenen braven Menschen / Die ihr Vaterland immer noch über alles lieben / Und so mancher wird sich fragen / Ob dieser Kanzler / keinen Kontakt mehr zur Basis hat / Diese Menschen wissen nämlich / Die richtige Antwort / Auf Autoren wie diesen / Aber der Kanzler wird die Rechnung schon noch präsentiert bekommen / Spätestens / Bei der nächsten Wahl

Früher mußte man froh sein, wenn sich Medien fanden, die den Widerstand gegen eine übermächtige, sich mit allen Mitteln behauptende Regierung unterstützten. Heute ist es umgekehrt: man bekommt bereits Mitleid mit den Regierungen, die sich kaum noch gegen die mit dem Gewicht seiner Leser vorgetragenen Wünsche eines Boulevardblatts behaupten können.

Zwischen dem Herausgeber und seiner Tochter kommt es zu einem lautstarken Streit. Sie verläßt wütend sein Büro

---

Gera klagt, aus beruflichen Gründen selbst die übelsten Blätter lesen zu müssen, bloß um deren Einfluß auf den Geisteszustand der Bevölkerung abschätzen zu lernen. Was soll man von einem Volk halten, sagt sie, dessen Mehrheit seine Meinung aus einer Zeitung wie dem BLATT bezieht? Wenn die Menschen schon nicht mehr an Gott glauben, sage ich, sollten sie wenigstens an ihre Zeitungen glauben. Zeitungen sind auch nicht dazu da, um zu informieren, sondern um ihre Leser täglich im rechten Glauben zu bestärken. Sie haben die Kirchen abgelöst. Früher übte der Klerus mit dem Gewicht seiner Schäfchen Druck auf die

Regierenden aus – jetzt tun das die Medien mit Hilfe ihrer Leser.

Gera hat mich mit dem professore bekannt gemacht. Er lebt jetzt im Untergrund, hat seine Wohnung verlassen, sein Telefon abgemeldet, läßt seine Post umleiten, hat auch den Wagen gewechselt. Es ist für ihn gefährlich geworden, seit offenbar einige BLATT-Leser Mordgelüste gegen ihn verspüren und das in anonymen Anrufen und Drohbriefen auch kundtun.
(Habe den Verdacht, daß er jetzt öfter bei Gera schläft, jedenfalls zieht sie es neuerdings vor, die Nacht bei mir zu verbringen.)
Der professore zitiert aus einem Artikel, den er – nach Auftrag – für eine der sogenannten Qualitätszeitungen geschrieben hat – offensichtlich werden Medien jetzt immer mehr zum Thema für Medien:
Das Volk wünsche sich wie eh und je „panem et circenses". Heute sei das Brot gesichert, für die Spiele sorgten die Medien: Skandale mit abschließendem Köpferollen, langsame Hinrichtung einzelner, Glied um Glied, Aktionismus in der Geborgenheit der Masse, kollektive Empörung mit Schlagabtausch und anschließender, wenn auch vorübergehender Erleichterung, öffentliche Schimpf- und Schmähorgien usf.; die Medien hätten dabei die Rolle der Animatoren übernommen, halten den Bürger bei Laune, der sich sonst – in Zeiten wirtschaftlicher Prosperität und weltpolitischer Entspannung – gefährlich langweile, dessen Wahlverhalten nicht mehr rational bestimmt sei, sondern vom Grundsatz „Spaß muß sein". Und ein Spaß ist es allemal, etwa einem verdienstvollen Politiker die Gunst zu entziehen, bloß um zu sehen, was für ein Gesicht er nach der Wahl macht. Gute Unterhaltung verspräche auch, einen politischen Abenteurer wie Möchtel mit Macht auszustatten. Der ohnedies nicht mehr existente politische Diskurs werde heute von den Medien als tägliches Spiel betrieben, die damit auch die Aus-

lese der öffentlichen Personen treffen. Politiker sind Spielfiguren. Beliebte Besetzungen seien dabei der Demagoge, der Populist, der Blender, der Schwätzer, der Opportunist, der Machtsüchtige; dieses exzessive Interesse an Personen führe dazu, daß dem Kommunikationstalent vor der sachlichen Eignung der Vorzug gegeben wird. Da heute alles Entertainment zu sein habe, Kunst ebenso wie Wissenschaft oder eben die Politik, würden bei Wahlen zunehmend auch Entertainer gewinnen – was nur selten gutgehe. Dafür pflegten Politiker sich heute allgemein nach den Wünschen der Boulevardblätter zu richten. Diese zielten mit ihren Artikeln nur vordergründig auf die Leser, tatsächlich jedoch auf die Regierenden. Diese wieder wüßten, was sie zu tun hätten. Der Rechtsstaat sei gefordert, sich gegen die Medien zu behaupten, den Staatsmann erkenne man heute an seinem Rückgrat den Medien gegenüber etc. Die Besitzer von Massenblättern seien nicht nur in der Lage, sich gewisse Gesetze nachhaltig zu wünschen, sondern sie auch noch in ihrem Sinn interpretiert zu sehen. Sie bestimmten, wer angeklagt und wer verurteilt werde, sie nähmen Einfluß auf die Strafbemessung usf. Nicht nur von Politikern sei also Widerstand zu fordern, sondern auch von Richtern, Staatsanwälten, Polizisten, also von allen, die der Nötigung durch ein Massenblatt ausgesetzt seien. „Kulturelles Entwicklungsgebiet“ sei ein Land zu nennen, in dem die Hälfte der erwachsenen Bevölkerung nichts als e i n bestimmtes Blatt lese; und ein „Bananenstaat“ sei zu nennen, wessen Politiker es nicht wagten, ein wirkungvolles Medienkartellgesetz zu beschließen; ein Gesetz, das nicht so schwierig zu finden sei, wie es die Verantwortlichen behaupten. Ein Satz würde genügen: Wer Medien mit einer Reichweite von mehr als 25 Prozent besitzt, darf keine weiteren erwerben oder betreiben

Im Fernsehen diskutieren – unter anderen – der professore und Rechthalter, der ein paar ätzende Bemerkungen über ein offenbar recht freizügiges Buch des professore losläßt.
Der wendet sich an den Diskussionsleiter: Soll ich auf diesen Unsinn überhaupt eingehen? Der Zielgruppe dieser Sendung brauche ich ja nichts über das geistige Potential des Herrn Rechthalter sagen. Aber er hat wenigstens ein Stichwort gegeben, das ich gern aufnehme: das der Pornografie...
Der professore erzählt dann über die Konzeption des zitierten Buchs, offenbar eine enzyklopädische Sammlung von – abweichenden – Formen erotischen Verhaltens. Er erinnert an einen von seinem Verlag gewonnenen Prozeß gegen die Behörden, der geführt wurde, um das Buch vom Vorwurf der Pornografie zu befreien, erinnert an das Gutachten von Literaturprofessoren, die das Buch als Kunstwerk anerkannten. Zum Schluß sagt er: Diese Fakten werden unseren Herrn Rechthalter sicherlich nicht stören, er wird weiter von Pornografie stammeln, und ich kann ihm versprechen: Ich werde ihn nicht wegen Verleumdung klagen, dies schon deshalb, weil alles, was er schreibt, ohnehin unerheblich ist, weil seine Leser gerade jener Teil der Bevölkerung sind, dessen Urteil mir wenig bedeutet. Die Menschen im Land, deren Meinung relevant ist, lesen die Kolumnen des Herrn Rechthalter, wenn überhaupt, dann nur mit klinischem Interesse.
Rechthalter zieht daraufhin den Schwanz ein, verläßt das Studio. Es gab zahlreiche Anrufe; einerseits die selbsternannte Elite des Landes, deren Repräsentanten dem professore gratulieren, andererseits fanatische BLATT-Leser, die dem Beleidiger ihres Idols Rache schworen

Leserbriefe sind ein hervorragendes Mittel, Stimmung zu machen; des Volkes Stimme, nutzbringend angewandt, erzeugt rasch das angestrebte Ergebnis, man braucht bloß aus dem reichlich vorhandenen Material auszuwählen.

Man kann sicher sein, daß sich zu jedem Thema hinreichend Psychopathen schriftlich äußern – oft sind Leserbriefe verräterische Belege für die Beschaffenheit ihrer Schreiber. Schleim stellte diese artifizielle Collage zu unserem augenblicklichen Lieblingsthema zusammen:

Recht so! Das BLATT gefällt mir! Nur nichts gefallen lassen / Dieses Stück ist / Ein Luxus / Den wir uns / Nicht leisten sollten / Soll dieser Autor doch / Seine Gehirnexkremente / Auf eigene Kosten produzieren / Aber damit nicht uns / Steuerzahlern / Auf der Tasche liegen / Schreibtischtäter! / Vaterlandsverräter! / Miese Figur! / Ab mit ihm in die Klapsmühle! /

Warum muß heute / Jeder Dreck / Aufgeführt werden? / Es gibt auch kritische Stücke, die nicht allein der Provokation wegen geschrieben werden, sondern um / Zum Nachdenken / Anzuregen / Daß dieses Stück aufgeführt werden kann, hat diese unfähige Regierung zu verantworten / Die Politiker dürfen nicht zulassen / Daß ein ganzes Volk / Als debil beschimpft wird / Der zuständige Minister / Soll gefälligst / Den Unfug abstellen / Und zwar subito! / Werft den Nestbeschmutzer raus / Die so strapazierte „Freiheit der Kunst" muß ihre Grenze im Strafrecht haben: grobe öffentliche Beschimpfungen / Fallen unter den Tatbestand / Der Verleumdung / Zu klären wäre auch / Ob nicht Volksverhetzung vorliegt /

Jetzt wissen wir es also: wir sind ein Volk von Debilen / Und die Regierung läßt es zu / Daß uns das von der Bühne herab / Ins Gesicht gesagt wird / Der zuständige Minister / Soll zurücktreten / Die Debilen werden ihm / Keine Träne nachweinen /

Wie lange müssen wir uns noch / Diesen Dreck anhören / Der Krug geht zum Brunnen / Bis er bricht / Und dieser Autor…? /

Diese Regierung verwechselt die Freiheit der Kunst mit der Freiheit / Den Steuerzahler ungefragt / Zur Kasse / Zu bitten / Ich nehme mir die künstlerische Freiheit / Diesen Autor / Als geistigen Arsch des Kontinents / Zu bezeichnen / Das ist wohl die Sprache / Die er und seine Förderer / Verstehen.
Es steht fest, daß dieser Autor in die Kulturgeschichte unseres Landes eingehen wird / Die journalistischen Schmierfinke des BLATTs hingegen / Werden auf dem Misthaufen / Der Geschichte / Landen
HERAUSGEBER
Das streichen Sie! Idiot!
RECHTHALTER
Entschuldigen Sie. Ist mir versehentlich reingerutscht.

Auch ein Künstler hat sich gefunden, als Feigenblatt für das BLATT aufzutreten: Er möchte, daß die Premiere gesprengt wird, und weil er es nicht wagt, direkt zum Sturm auf die Bühne aufzufordern, beschreibt er, wie man einmal an einem anderen Theater eine Aufführung tatsächlich verhinderte.
STÜRMT DAS STÜCK
ist sein letzter Satz und der Schlaukopf weiß: kein Jurist wird es wagen, darin den Tatbestand der Anstiftung zu einer Straftat zu sehen.
Der Herausgeber läßt indessen überall in der Stadt Werbeplakate affichieren, die das Staatstheater in Flammen zeigen, dazu den Text:
Wir sorgen dafür, daß manchen der Hut brennt.
Selbstverständlich ist das nicht Aufforderung zur Brandstiftung, bloß Werbung für das BLATT.

Gera in ihrem TV-Magazin:
Das BLATT erzeugt wieder einmal ein Klima des Intellektuel-

lenhasses / Sein Herausgeber, der sich gern als Kunstmäzen aufspielt, entlarvt sich selbst / Er ließ der dumpf brütenden Volksseele wieder einmal bis zum Siedepunkt einheizen / Dann hat er sich die Politiker vorgeknöpft, um sie zur Verurteilung des Stücks und des Autors zu nötigen /

Ahnungslose Provinzpolitiker standen Kopf und gehorchten. Sie heizten die Kampagne in beschämender Weise an und stimmten in den Pharisäergesang vom Steuerzahler, „der das alles bezahlen muß", ein. Sie gaben psychiatrische Ferngutachten ab, waren blöd genug, die Absetzung von Werk und Regisseur und die Einweisung des Autors in eine psychiatrische Anstalt zu fordern. Mit seinem „Hinaus, mit dem Schuft..." verwendete der ungebildete Oppositionsführer Möchtel ungewollt ironisch die Formulierung, mit der Karl Kraus einst den korrupten Herausgeber eines Boulevardblattes bedacht hatte.

Diese Hetzkampagne, so Gera, sei eine Selbstinszenierung des Staates als Mischung aus Schilda und Bananenrepublik – wie ihn der Autor genießerisch-sadistisch bloßstellt.

GERA

Und der sogenannte „Nestbeschmutzer" schaffte es spielend, daß das Drecksnest sich wieder kräftig selbst beschmutzt /

Wie oft in diesem Land führten Minderwertigkeitsgefühle und Spießertum zu Kulturbanausentum und Intellektuellenhaß / Die Wirklichkeit beginnt sogar die Phantasie des Autors zu übertreffen / Und das Publikum dieser Tragikomödie, deren Hauptdarsteller in der Redaktion des BLATTs und der Parteizentrale einer gewissen Populärpartei sitzen, ist die ganze Welt /

Diese Antikunst-Kampagne ist international eine Riesenblamage für unser Land / Etwas anderes ist auch nicht zu erwarten, wenn Politiker vom Schlage des Oppositionsführers sich zu Kulturkritikern aufschwingen bei Stücken, die sie nicht kennen / Wer ein Theaterstück mit allen Mitteln verhindern,

seinem Autor und Regisseur unbedingt schaden will, setzt sich der Ächtung durch den zivilisierten Teil der Gesellschaft aus / Zum dümmsten aller Argumente, zum Argument vom „Steuerzahler, der das alles bezahlen soll", ist hinzuzufügen: Der Autor eines Stückes ist der einzige, der an Subventionen nichts verdient. Seine Tantiemen werden ausschließlich von den Eintrittsgeldern des Publikums bezahlt /
Das vom BLATT erzeugte Klima des Hasses hat schon die zu erwartenden Folgen gezeigt: Der Autor ist auf der Straße attackiert worden, dem Regisseur und seinem Ensemble schlägt blanker Fremdenhaß entgegen, man hat ihnen Säckchen mit Exkrementen zugesandt. Sie erhalten Drohanrufe und anonyme, schriftliche Morddrohungen, dem Regisseur hat man die Reifen seines Autos zerstochen /
Diese Hetzkampagne wird auch nicht dadurch gerechtfertigt, daß der Autor vielleicht, weil er sein Stück für schwach hält, bewußt die billigste Werbekampagne provoziert hat: den Tobsuchtsanfall des größten Pöbelblatts im Lande.

Was bleibt von einem Boulevardblatt, vor dem niemand mehr Angst hat?

Wieder ein Erfolg für uns:
Grubenunglück in Hessen. 6 Bergleute überleben wider Erwarten in einer Luftblase. Als sie ans Tageslicht gebracht werden, stehen sie schweigend vor den Fernsehkameras; kein Wort ist ihnen zu entlocken. Sie haben ihre Geschichte exklusiv an das BLATT verkauft.

Die Videokamera als Auge der Macht: Mit hinreichender, digitaler Speicherkapazität werden Überwachungssysteme geeignet sein, die visuellen Bewegungsbilder der Bürger aufzuzeichnen.

Heute ein Meuchelfoto des professore auf dem Titelblatt, dazu der Text
DAS IST DER NESTBESCHMUTZER NR. 1
ER SOLL UNSER LAND VERLASSEN. ABER DALLI!

Der professore erwähnt einen aktenkundigen Vorfall aus dem Jahre 1893 (!), als ein Student den Zeitungsherausgeber Dr. Kalman in Wien zum Pistolenduell forderte, weil dieser eine abfällige Kritik über eine Sängerin drucken hatte lassen. Der Herausgeber starb an den Folgen des Duells... ob man nicht, sinniert der professore ironisch, heute für Zeitungsherausgeber und Journalisten die Satisfaktionsfähigkeit wieder einführen sollte? Ob dann nicht viel von dem aggressiven Schwachsinn ungeschrieben bleiben würde?

Der Herausgeber zwingt Geras TV-Station gerichtlich zur Verlautbarung dieser ENTGEGNUNG:
Es ist unwahr, daß das BLATT Einfluß auf die Rechtspflege nimmt; es ist folglich auch unwahr, daß das BLATT Einfluß darauf hat, w a s die Polizei untersucht und mit welcher Intensität sie untersucht.
Ebenso ist unwahr, daß das BLATT bestimmt, wer angeklagt wird, wessen er angeklagt wird und warum er angeklagt wird: und es ist unwahr, daß das BLATT bestimmt, wer die Staatsanwälte sind und wer die Richter.

Unwahr ist auch, daß das BLATT Einfluß darauf nimmt, ob jemand und wie lange jemand in Untersuchungshaft genommen wird und ob ein Richter es wagt, jemanden daraus wieder zu entlassen.
Und unwahr ist auch, daß das BLATT bestimmt, wie das Urteil zu lauten hat und wie die Strafe.
Unwahr ist weiterhin, daß das BLATT die Existenz von Menschen vernichtet, indem es ihre Intimsphäre erschnüffelt und öffentlich preisgibt, Denunzianten bezahlt und Beamte besticht, um an Akten heranzukommen.
Das alles ist unwahr.
Wahr ist vielmehr, daß das BLATT Gerichtsverfahren stets zurückhaltend kommentiert, keinerlei Wertung der Beweise vorwegnimmt und sich streng jeder Vorverurteilung enthält.
Wahr ist auch, daß das BLATT die Unschuldsvermutung achtet, Verdächtige – vor allem Jugendliche – niemals mit vollem Namen nennt und ihr Privatleben nicht in der Öffentlichkeit ausbreitet. Ein Gerichtsverfahren gegen jenen Publizisten, der in diesem Zusammenhang Unwahrheiten über das BLATT verbreitet, wurde eingeleitet.

Pressefreiheit, meint Gera, ist, sofern sie ein Menschenrecht sein soll, gewiß nicht das höchste, sondern eher die Folge eines Menschenrechts, des Rechts der Redefreiheit.
Freiheit des einen bedeutet zugleich die Einschränkung der Freiheiten anderer. Freie Medien machten die Menschen nicht mehr frei, eher im Gegenteil.
Ein Menschenrecht sei jedenfalls das Recht des einzelnen auf den Schutz seiner Privatsphäre, Schutz vor Verleumdungen, Beleidigungen, Verspottung usw. – insbesondere wenn diese durch nichts anderes motiviert sind als durch Gewinnstreben, Karrierebedürfnis oder einfach Rachsucht.

Ein Menschenrecht sei heute auch das Recht auf Unterhaltung, sage ich

---

Daß auch Medien eine Seele haben, vorherrschend eine manisch-depressive, zeigt sich an diesem Krieg: Phasen der Euphorie werden abgelöst von Phasen der Panik – erst der Triumph über den scheinbar siegreichen Erstschlag der Alliierten, dann die Unsicherheit über den Wahrheitsgehalt der eigenen Siegesmeldungen (als sich herausstellt, daß vorwiegend Gummipanzer und andere Attrappen getroffen wurden, und man – wie beim Videospiel – damit rechnen mußte, daß getroffene Ziele wieder ins Spiel kommen könnten), dazu die Angst vor den SCUD-Raketen, neuerliche Euphorie, nachdem sich deren Harmlosigkeit herausgestellt hat, dann wieder Niedergeschlagenheit wegen der zu erwartenden Verluste des unausweichlichen Landkriegs und wieder Euphorie, nachdem dieser beendet ist, noch ehe man begonnen hat, seine Bilder richtig zu verarbeiten.

Rechthalter liest uns den Brief eines Taxifahrers vor, der stolz berichtet, er habe anhand eines Fotos im BLATT in einem Fahrgast den professore erkannt, ihn dann sofort aus dem Wagen geworfen. „Wenn der bloß ein Wort gesagt hätte, wäre der Gummiknüppel in Aktion getreten".

Zwischendurch übt man an leichteren Fällen: ein Denkmal soll im Zentrum der Stadt errichtet werden gegen Fremdenhaß und Antisemitismus. Sowas will man hier nicht. Das BLATT – wie üblich auf der Seite des Volkes – erklärt das den Politikern eindrucksvoll.

Rechthalter will etwas über Gera schreiben, schlägt vor, sie mit einigen frei erfundenen Vorwürfen zu konfrontieren, sie werde in irgendeinem Punkt schon ein schlechtes Gewissen verraten. Der Herausgeber rät dringend von dieser Vorgangsweise ab: Wenn du etwas schreiben willst, über jemanden, der das vielleicht bestreiten kann, mach nicht den Fehler und befrage ihn – vielleicht aus Gründen der Fairneß – schon vorher zum Thema. Er könnte das nutzen, um eine einstweilige Verfügung zu erwirken, die es dir untersagt, über ihn zu schreiben. Seit die Gerichte zu solchen Akten der Zensur bereit sind, entfällt jede Recherche bei den Betroffenen, klar?

Die Premiere ist nicht mehr zu verhindern, eine heiße Nacht steht bevor, das BLATT heizt die Stimmung an:
Überall in der Stadt die Feuerplakate, unsere Leser haben Protestaktionen nicht bloß angekündigt, sondern bei der Polizei angemeldet (die sich beeilte, die erforderlichen Genehmigungen zu erteilen). Man will eine Fuhre Mist vor dem Theater künstlerisch stapeln („Mist zu Mist" bemerkt der Herausgeber zufrieden). Wir sind auch in der Lage, zu berichten, daß Rechtsradikale sich massenhaft Eintrittskarten besorgt haben. Die Polizei sei außerdem pausenlos im Einsatz, um Schmieraktionen am Theater zu verhindern. Gemeinsam erschaffen wir den letzten Aufruf zur Premiere:
– Trotz heftigster Proteste / Aus allen Teilen der Bevölkerung / Soll das Skandalstück / Heute aufgeführt werden
– Jetzt die Politiker!
– Den Politikern / Die hier versagt haben / Wird die Rechnung noch präsentiert werden
– Mit der Wahl drohen
– Der nächste Wahltag / Wird Zahltag sein

– Die Premiere kann heute nur unter massivem Polizeischutz stattfinden / Demonstrationen sind angesagt / Ausschreitungen zu erwarten / Dieses Stück ist eine Verhöhnung der Zeitungsleser dieses Landes / Und es wird kaum ungestört über die Bühne gehn / Sollte es zu Tätlichkeiten kommen / Muß die Polizei / Selbstverständlich / Einschreiten / Vielleicht wird die Premiere noch aus Sicherheitsgründen / Untersagt / Der Polizeipräsident trägt jedenfalls / Die volle Verantwortung für das, was passiert
– Jetzt wieder der Steuerzahler!
– Dem Steuerzahler wird der Wirbel um das Sudelstück / Jedenfalls sehr teuer kommen / Der Großeinsatz der Polizei / Kostet / Millionen
– Zum Schluß die Aufforderung zur Aktion
– Wir können unseren Lesern nur empfehlen:
STÜRMT DAS THEATER!

Da die Aufführung nun ohnedies nicht mehr zu verhindern ist, gibt der Herausgeber sogar einen gemäßigt positiven Artikel über das Stück in Auftrag; allerdings so plaziert, daß er nicht weiter auffällt. Damit man uns nicht vorwerfen kann, wir hätten nur negative Meinungen über das Stück veröffentlicht, sagt er dazu.

Gera im TV:
Die Erregung gewisser Leute und Medien hat wieder einmal einen Höhepunkt erreicht /
Ein Volk von Banausen steht mehrheitlich hinter seiner Banausenzeitung / Tagelang durften deren Kolumnisten ihr Potential an Gemeinheit ausstellen /
Nur wenige Politiker entzogen sich den Zensurwünschen des BLATTs /

Der Dichter konnte mitansehen, wie das ganze Land auf Kommando sich seinen finstersten Phantasien angeglichen hat / Und daß sein Bild von einem Volk von Sumperern Wahrheit wurde /
Selten ist in aller Welt auf unsere Kosten so gelacht worden /
Lange wurde über ein Theaterstück diskutiert, das niemand kannte; jetzt hat man Gelegenheit, es kennenzulernen

Der Herausgeber hat Rechthalter „zur Sau“ gemacht, wie man das in der Redaktion ausdrückt. Sein Verbrechen: Er hat versehentlich Möchtel kritisiert:

HERAUSGEBER
Was ist Ihnen da bloß eingefallen, Rechthalter? Wer hat Ihnen gesagt, daß Sie Möchtel angreifen sollen?

RECHTHALTER
Ich dachte doch…

HERAUSGEBER
Was dachten Sie? Ich bezahle Sie nicht, um zu denken. Ich bezahle Sie, damit Sie täglich eine Kolumne schreiben.

RECHTHALTER
Ich sollte doch den Politikern auf die Finger klopfen…

HERAUSGEBER
Aber doch nicht allen, Sie Idiot! Sie sollen doch nicht wie der Kasperl im Theater allen Krokodilen ständig auf den Kopf schlagen. Es gibt auch gute Krokodile. Und zwar unsere Krokodile.

RECHTHALTER
Möchtel ist also unser Krokodil.

HERAUSGEBER
Genau, Sie Schlaukopf. Jedenfalls, bis ich Ihnen das Gegenteil sage.

Wenn die Werbung eines Unternehmens auf seinen Charakter schließen läßt, sagt Gera, worauf läßt dann dieser Werbespot schließen, den das BLATT einschaltet: Man sieht darin eine Hand, die ein brennendes Zündholz hält, und zwar so lange, bis die Flamme den Finger verbrennt. Der Slogan dazu: „Wir bringen, was unter den Nägeln brennt“

Heute die Premiere. Vor dem Theater Transparente, Sprechchöre von Demonstration und Gegendemonstration
Demonstration 1:
NESTBESCHMUTZER RAUS
WEG MIT DEM SUDELSTÜCK
KEINEN STEUERSCHILLING FÜR DIESES MACHWERK
DIE POLITIKER VERSAGEN
HERR BUNDESKANZLER! TRETEN SIE ZURÜCK
etc.
Demonstration 2
GEGEN MEDIENJUSTIZ
GEGEN ZENSUR DURCH MEDIEN
SUDELBLATT
FÜR DIE FREIHEIT DER KUNST

Geras Kommentar, nachts noch im Fernsehen:
Die Provokation scheint mehr gelungen zu sein als das Stück selbst / Man darf nicht jeden, der sich den Haß des BLATTs und seiner Klientel zuzieht, gleich für genial halten / Doch die Premiere war ein Erfolg, das Publikum erobert / Die Debatte hat sich erledigt. Die Hetzer stehen blamiert da. Sie haben sich selbst in eine Weltblamage hineingeredet und -geschrieben /

Die Denunzianten werden das Objekt wechseln müssen – zumindest vorübergehend. Und das BLATT muß dem Wutbedürfnis seiner Leser ein neues Haßobjekt präsentieren / Der Autor hat Horden von brütenden Spießern / Wenigstens vorübergehend etwas wie Lebensintensität geschenkt / Was mehr kann man von einem Kunstwerk wünschen?

Für die Morgenausgabe diktiert der Herausgeber:
Die Politiker sollen nur so weitermachen. Die Herrschaften glauben noch, die Wähler folgen ihnen so wie früher. Sollen sie nur die Mehrheit unserer Leser von einem sogenannten „Künstler" im Theater beschimpfen lassen. Und das mit Steuergeldern noch unterstützen. Kein Wunder, daß es immer mehr Unzufriedenheit gibt und immer mehr Politikverdrossenheit. Bei den Wahlen wird man diesen Politikern die Rechnung präsentieren.

Der professore im TV:
Die Kampagne des BLATTs bestand aus einem perfiden Zusammenspiel von redaktionellen Artikeln und Leserbriefen. Das Widerlichste stand ja in den Leserbriefen, hinter denen die Redakteure sich bequem verstecken können.

Erfahre, daß die Kinder des professore in der Schule unter Hinweis auf die Berichterstattung im BLATT angepöbelt wurden – von Schülern wie von Lehrern. Alle lesen eben das BLATT, sage ich

---

Das Denkmal gegen Fremdenhaß und Antisemitismus wird – gegen den Willen unsrer Leser – errichtet. Bei der Enthüllung ist Schleim mit Mikrofon und Rekorder vor Ort, fragt einige Zuseher: „Na, was halten Sie jetzt von diesem Dreck?“ Die gröbsten Reaktionen zitieren wir sodann im BLATT.

Unsere Kampagne zur Wiedereinführung der Todesstrafe hat das erwünschte Ergebnis gebracht: fünfundsechzig Prozent Zustimmung. Jetzt fassen wir sofort das nächste Ziel ins Auge, sagt der Herausgeber: Die Hinrichtungen müssen öffentlich sein, nur dann werden sie den Zweck der Prävention erfüllen. Klar, daß das BLATT an erster Stelle darüber berichten wird.

Auch Medien sind ein Weg in die Barbarei (sagt Gera). Zu empfehlen wäre die Schaffung einer Medienkriegsordnung, analog zur Haager Landkriegsordnung, die bestimmte Medienwaffen ächtet.

War auch unser Kampf gegen die Kunst bislang nicht eben erfolgreich, so sind wir auf dem Gebiet der Politik umso erfolgreicher. Die Regierung wird – ergeben Umfragen – immer schwächer, die von uns favorisierte Opposition immer stärker. Dies das Protokoll der heutigen Redaktionssitzung:

HERAUSGEBER

Was haben wir heute gegen den Kanzler?

SCHLEIM

Liegt noch nichts vor.

HERAUSGEBER

Irgendwas m u ß vorliegen. Gibt's keinen Angriff der Opposition?

RECHTHALTER
Nein.
HERAUSGEBER
Keine schlechten Wirtschaftsdaten?
SCHLEIM
Nichts.
HERAUSGEBER
Nicht einmal eine kleine Verleumdung?
RECHTHALTER
Nein.
HERAUSGEBER
Wenigstens eine anonyme Anzeige?
SCHLEIM
Auch das nicht.
HERAUSGEBER
Unmöglich. Sowas können wir doch selbst, meine Herren. Mehr Fantasie bitte!
Den Aufmacher liefert schließlich eine Äußerung des Kanzlers, daß angesichts der negativen Geburtenrate im Lande Einwanderer nicht schaden würden.
Unsere Schlagzeile:
WILL DIE REGIERUNG EIN ANDERES VOLK?
SO NICHT, HERR KANZLER!

Möchtel spricht von drohender Umvolkung.
Wir eröffnen unseren Lesern ein Ventil:
NUTZEN SIE UNSER WUT-TELEFON!

Oft verdanken wir fantastische Fotos von Unfällen und Katastrophen fleißigen Menschen, die als Zeugen nicht etwa ihre

Zeit damit vergeuden, Hilfe zu leisten, sondern ihre Kameras bedienen – was wir selbstverständlich gut honorieren.

Auch die Fernsehmacher sind weitgehend ungehemmt: diese verkohlten Körper, dieses zerfetzte Menschenfleisch, diese verstümmelten Leichen – war das jetzt ein Horrorfilm, oder waren es Nachrichten? (Was eigentlich belanglos ist: Nachrichten werden wie action-Filme konsumiert und umgekehrt.)

Gera gelingt es, Schleim zu einem Interview zu bewegen (der am Telefon zwar wiederholt bemerkt: Was er zu sagen habe, sage er im BLATT, sich dann aber doch vor die Kamera bitten läßt).

GERA

Herr Schleim, Sie haben mit allen Mitteln versucht, die Aufführung dieses Stücks zu verhindern. Es ist Ihnen nicht gelungen. Sind Sie jetzt enttäuscht?

SCHLEIM

Keineswegs bin ich das. Ich war gegen das Stück aus rein künstlerischen Gründen. Das wird doch wohl noch erlaubt sein.

GERA

Im BLATT war zu lesen: Stürmt das Theater! War das ein Aufruf zur Gewalt?

SCHLEIM

Aber nein! Man hat bloß das Publikum aufgefordert, hinzugehen und sich eine eigene Meinung zu bilden.

GERA

Es wurde aber nach diesem Aufruf ein ähnlicher Fall beschrieben, wo das Publikum tatsächlich die Bühne gestürmt und die Aufführung verhindert hatte.

SCHLEIM
Ja, und ich kann nur hinzufügen: S c h ö n , daß in einer Demokratie so etwas möglich ist.
GERA
Jedenfalls haben Sie alles darangesetzt, dem Autor und dem Stück zu schaden.
SCHLEIM
Was wollen Sie? H a t es dem Stück vielleicht geschadet? Es ist ja aufgeführt worden. Und auch der Autor hat es überlebt. Das muß in einer Demokratie möglich sein

---

Schleim gesteht (nach einigen Drinks an der Bar des Hotels, in dem er immer nach der Arbeit Entspannung sucht): Wenn er schlecht aufgelegt ist, sind die Beleidigungen, die er schreibt, am wirkungsvollsten; nichts falle leichter, als mittels gedruckter Sprache zu beleidigen.

Wenn ich jemand fertigmachen will, erzählt Schleim, und ich schaffe das nicht in der Hauptsache, dann hole ich ihn mir an den Nebenfronten… (frei nach dem Motto: Der Mangel an Beweisen für den Mord ward reichlich wettgemacht durch den Überfluß an Beweisen für den unsittlichen Lebenswandel).

Eine gute story muß „tuschen“, sagt Schleim; zuerst die Emotion, dann die Information. Wenn du an eine Geschichte herangehst, denk dir dazu zuerst die fantastischste, groteskeste, empörendste Schlagzeile aus und sieh zu, daß du die story danach hinkriegst. Außerdem: in jeder story muß es einen Guten und einen Schlechten geben.

Und der Mensch als Journalist empfindet – bei allem Bedauern für das Opfer – dem Mörder gegenüber Gefühle von Dankbarkeit, wenn er die Umstände seiner Tat bizarr genug gewählt hat, daß sie einen Artikel rechtfertigen.

All diese Veranstaltungen zum Thema „Medienethik", diese Symposien, Diskussionen, Medientage etc., die man für Medienleute (und mit ihnen) veranstaltet, sind etwa so wirkungsvoll wie eine Veranstaltung mit Militaristen zwecks Erarbeitung eines pazifistischen Manifests.

Mehr als ein alter Witz: Die beste Nachricht ist die falsche. Erstens hat man sie exklusiv. Zweitens kann man sie am nächsten Tag dementieren. Und drittens hat man dann noch für weitere Tage Stoff

---

Ein Informant stellt uns den Tonbandmitschnitt einer Sitzung des Präsidiums der Regierungspartei zur Verfügung. Wir haben uns sehr amüsiert. Dies sind Auszüge daraus:
Wählerumfragen sind katastrophal / Die Opposition hat uns bereits überholt / Mit tatkräftiger Unterstützung des BLATTs / Dessen Herausgeber hämisch schreibt: Die politischen Lager seien eben nicht mehr so festgefügt wie einst / Er erteilt uns gute Ratschläge, wie wir seinen und seiner Leser Interessen am besten nachkommen könnten / Was tun? / Noch eine Regierungsumbildung? / Damit das BLATT uns wieder ein „Recyclingkabinett" nennt: Die alten Flaschen wiederverwendet / Regierungsumbildungen haben ihren Reiz verloren, die Leute sind aufregenderes Theater gewöhnt / Unsere Leistungen wer-

den nicht honoriert / Die Wähler orientieren sich nicht an Leistungen, sondern am Unterhaltungswert / Die Opposition bietet das bessere Spektakel / Möchtel ist einfach der bessere Rattenfänger / Wir müssen unsere Politik besser verkaufen; die Medien... / Die Medien sind schuld – das haben wir schon zu oft gehört / Was sonst? Die Wirtschaftslage ist gut, die Konjunktur stabil / Die Wähler richten sich nicht nach der Wirtschaftslage. Sobald es ihnen gut geht, wollen sie unterhalten sein / Am sichersten gewinnt heute Wahlen, wer seine Wähler verhöhnt, ihnen bedeutet, daß er sie verachtet. Das ist interessant, den wählt man / Und sei's bloß, um sich das Vergnügen zu sichern, ihn wieder abwählen zu können / Jedenfalls verlieren wir unsere Wähler an Möchtel / Stärkste Waffe ist das BLATT / Und das hat er kostenlos / Was er wohl dem Herausgeber bezahlt? / Der würde eher ihn bezahlen, nicht bloß, weil er mehr Geld besitzt als die ganze Möchtelpartei, sondern weil er mit Möchtel eine Waffe gegen uns in der Hand hat / Die ihn selbst zur stärksten Partei macht / Die Frage ist: Wie können wir das DrecksBLATT stoppen, ehe es das Land regiert? / Das tut es schon / Vielleicht finanziert jemand ein Gegenblatt / Für die Wahl käme das zu spät / Warum wagt es niemand, öffentlich, gegen das BLATT aufzutreten? Wo sind die Autoren, Publizisten, die Satiriker und Dramatiker, die Intellektuellen? / Alle gekauft / Oder eingeschüchtert / Und zu feige / Und was ist mit uns? / Sind wir Selbstmörder? / Wir haben uns selbst in diese Lage manövriert / Bleibt die Frage: Wie sollen wir Möchtel stoppen / Indem wir mit ihm koalieren? / Unser Fußvolk drängt uns dazu / Die Rechten gelten ohnehin als Flügel unserer Partei / Ich habe immer gesagt: rechts von uns darf kein Raum bleiben, den eine Partei für sich nützen könnte / Wir haben immer gedacht, wen sollen die rechtsradikalen Idioten schon wählen, wenn nicht uns / Jetzt haben sie jemanden gefunden / Wir sind einfach zu liberal geworden / Im Gegenteil: Wir haben die Rechten zu sehr ermuntert. Um die Linken am Boden zu halten, haben wir den Pöbel selbst aufgepäppelt / Der uns jetzt in den Rücken fällt / Und Möchtel in die Arme / Der sie auch bestens bedient / Wir müssen ihnen klarmachen, daß sie Möchtel nicht brauchen / Indem wir auf seine Parolen umschalten? / Sollen wir uns von den Rechtsradikalen die Wahlaussagen diktieren lassen? / Die werden an den Stammtischen gern gehört / Machen wir deshalb Politik? / Mit Moral kommen wir nicht weiter / Wir haben nichts gegen die Armut unternommen. Die Deklassierten schlagen jetzt zurück, indem sie die Rechten stärken / Was regen wir uns auf: Rechtsparteien gehören zur normalen Pathologie westlicher Gesellschaften. Jetzt gibt es eben wieder mehr Deklassierte, die schon immer ihr Potential abgaben / Wie auch immer; die Rechten können wir nur mit ihren eigenen Parolen schlagen: Gegen Sozialschmarotzer! Gegen Überfremdung! Eine Chance für unsere Kinder! Das Land muß wieder sicher werden! Dieses Land muß unsere Heimat bleiben!

Schleim schlägt vor, die ganze Regierung in Sträflingskleidung abzubilden; sein Vorbild ist eine frühere Schlagzeile von „today“:
WOULD BRITAIN BE BETTER OFF
WITH A HUNG PARLIAMENT ?

Der professore hat dem Herausgeber im Zusammenhang mit der story vom „Schweinchen, das alles macht“ Gemeinheit und Feigheit vorgeworfen. Wie üblich ließ der sofort klagen, von einer Camarilla von Anwälten und mit einem Streitwert, bei dem allein schon die Gerichtsgebühren den Beklagten rui-

nieren, auch wenn der vor Gericht siegen sollte. (Der professore sagt, sein Gehalt sei infolge der Alimentationsverpflichtungen für seine Kinder ohnedies schon aufs Existenzminimum dezimiert, da sei für die Anwälte nichts mehr zu holen)
In erster Instanz hat der Richter nun unsere Klage abgewiesen (hoffentlich bereut er das nicht bald, die Mutprobe wird ihn teuer zu stehen kommen: schon forschen unsere Detektive in seinem Privatleben, an den Enthüllungen wird bereits geschrieben).
Die Urteilsgründe: „Gemeinheit" läge vor, weil vom BLATT persönliche, pauschale Angriffe erhoben wurden, um eigene Interessen zu verfolgen; der Vorwurf der Feigheit träfe zu, weil jemand angegriffen wurde, der sich nicht adäquat wehren konnte, und weil der Fehler, nachdem er erkannt, nicht eingestanden wurde. Die Artikel des BLATTs, so schließt das Urteil mit einer überflüssigen Fleißaufgabe, zeigten immer wieder niederträchtige Gesinnung seitens seiner verantwortlichen Journalisten...
Selbstverständlich wird berufen.

Wir schlagen zurück:
Schleim und Rechthalter haben die alte Mutter des professore in einem Krankenhaus aufgetrieben, wo sie wegen eines Herzinfarkts in Behandlung ist. Als Ärzte verkleidet, ist es ihnen gelungen, bis in ihr Zimmer vorzudringen, sie haben sie fotografiert, ihr das landesverräterische Wirken ihres Sohnes vorgehalten. Sind dabei wohl ein wenig zu heftig geworden, jedenfalls hat die Frau einen Anfall erlitten, befindet sich jetzt auf der Intensivstation. Die Bilder sind erstklassig, der Herausgeber bestimmt fürs Titelblatt jenes, auf dem die Frau wie im Koma aussieht. „Soll ihr Sohn sehen, was er da anrichtet" war sein Kommentar.
Die Headline dazu ein Schleimsches Meisterstück:
DAS IST DER FLUCH DER BÖSEN TAT

MUTTER DES SUDELAUTORS BRICHT ZUSAMMEN, ALS SIE WAHRHEIT ERFÄHRT

Die Regierung gibt ihre Pläne für die Zeit nach der Wahl bekannt; der Kanzler spielt den Helden und nennt offen die Probleme. Darauf haben wir nur gewartet:
DAS SIND DIE PLÄNE DER REGIERUNG:
AUFREGER NR. 1: SO WERDEN UNSERE STEUERN VERSCHLEUDERT
AUFREGER NR. 2: SPARER MIT SPARBUCHSTEUER BEDROHT
AUFREGER NR. 3: KRANKE MÜSSEN KRÄFTIG BLECHEN
AUFREGER NR. 4: PENSIONISTEN ZAHLEN DRAUF
Darunter ein Meuchelfoto des Kanzlers (in unserem Archiv befinden sich Meuchelfotos von praktisch allen öffentlichen Personen, manche Fotografen machen sich einen Sport daraus, solche zu erzeugen – etwa indem sie mit der Kamera ganz nah ans Gesicht des Porträtierten heranrücken, wodurch eine Verzerrung eintritt, die das Opfer reichlich blöde aussehen läßt).

Die Wirkung von Medien ist zumindest zum Teil darauf zurückzuführen, daß die von Journalisten geäußerte Meinung – und sei sie noch so voreingenommen – kraft ihres Mediums für die der Mehrheit gehalten wird – der man sich besser anschließt, um nicht ausgestoßen zu werden.

Es ist uns gelungen, eine Hausdurchsuchung beim professore durchzusetzen; die Anklage: Verrat von Redaktionsge-

heimnissen. Sehr früh am Morgen stürmen also die prächtigen Burschen von der Terror-Sondereinheit der Polizei die Wohnung, gleichzeitig durch Tür und Fenster: herrliche action wie im Film, Splitter und Trümmer überall; die Wohnung wird dann gründlich durchsucht, Schleim und unsere Fotografen hinterdrein, filmen alles, auch den aus dem Bett geworfenen professore samt Gera – nackt. Ein Stoß seiner Manuskripte fliegt versehentlich aus dem Fenster, der Rest ist aber auch nicht mehr zu gebrauchen, es wird eine Weile dauern, ehe er seine Unterlagen wieder geordnet hat. Das meiste wurde ohnehin in großen Säcken zur Auswertung mitgenommen. Schleim amüsiert sich köstlich über den Ärger des professore. Man erwartet, daß die Polizei irgendetwas Belastendes findet; die Redaktion wird das Ergebnis der Untersuchung wie üblich vor dem Staatsanwalt (und vor der Konkurrenz) auf dem Tisch haben. Wir warten nicht erst auf den Polizeibericht und schreiben:
SUDELAUTOR: REICHLICH BELASTENDES MATERIAL
BEI HAUSDURCHSUCHUNG GEFUNDEN
POLIZEI ERMITTELT WEITER

Der Presserat hat uns wegen der Textstelle: „Er ist vielleicht das größte Lügenschwein“ (wir hatten den professore damit bedacht) gerügt; hält das für menschenverachtend, konnte leider nicht unsere Meinung teilen, daß „Lügenschwein“ eine der Situation entsprechende Bezeichnung ist.

Der Herausgeber läßt prüfen, wie die Chancen stehen, den professore zwangsweise psychiatrieren zu lassen

---

Wahlrede Möchtels, vom BLATT zitiert: Wir werden diese unfähige Regierung zum Rücktritt zwingen. Und wir werden die notwendigen Veränderungen in diesem Land durchsetzen / Es ist an der Zeit, unseren Feinden einen Schlag zu versetzen, von dem sie sich nicht so schnell wieder erholen werden / Wir werden eine Protestlawine der Bürger dieses Landes lostreten / Wir werden die Öffentlichkeit mobilisieren / Wir werden aber nicht die Straße einsetzen, sondern demokratische Wahlen / Es hat sich bereits eine breite Protestfront gebildet, quer durch alle Schichten der Bevölkerung / Wir werden dafür sorgen, daß dem Willen des Volkes Genüge getan wird / Unser Wahlsieg wird ein historischer Sieg sein / Mit eurer Hilfe, Freunde, werde ich sie fortjagen: all diese Sozialromantiker, diese utopistischen Arbeitszeitverkürzer, diese pseudofortschrittlichen Träumer, diese linkslinken Gesellschaftsveränderer / Diese multikulturellen Volksverderber! /
Mit der Umverteilungspolitik wird radikal Schluß gemacht werden. Subventionen dienen bloß dazu, leistungsunwillige Faulpelze in ihrem sozialschädlichen Verhalten zu ermuntern /
(Applaus, Jubel)
Der Sozialstaat überbordet! Wir fordern ein rasches Ende aller Subventionen /
Die Regierung meint, man müsse alles tun, um die Arbeitslosigkeit zu beseitigen. Aber warum sind denn die Leute arbeitslos? Weil viele zwar arbeitsfähig sind, aber nicht arbeitswillig / Sozialschmarotzer, die nur die Hand aufhalten und für ihr Nichtstun belohnt werden wollen! /
Aber die andern, die wirklich arbeiten wollen – sie finden keine Arbeit, weil andere ihnen die Arbeitsplätze wegnehmen /
Wir haben 300.000 Arbeitslose im Land, und ich sage euch, Freunde, wir haben ebensoviele Fremdarbeiter in unserem Land! /
(Applaus, Gebrüll)
Und das sind Leute, die nicht wegen politischer Verfolgung, sondern aus rein wirtschaftlichen Gründen zu uns kommen /

Wirtschaftsflüchtlinge, die uns die Jobs wegnehmen /
Ich sage: Inländische Arbeitsplätze zuerst für inländische Arbeitnehmer! /
(Gebrüll, Applaus)
Diese Flüchtlinge sind wie ein Heuschreckenschwarm, der überall, wo er durchzieht, nur Wüste hinterläßt /
Woanders werden Plünderer erschossen, bei uns müssen sie nur ihre Personalien auf der Wachstube abgeben /
Es ist genug! In unserem Land macht sich ein widerliches Rassenkonglomerat breit, das unsere Umwelt verdreckt, unsere Straßen blockiert, unsere Parkplätze okkupiert und die öffentlichen Verkehrsmittel verstopft /
(Gebrüll, Applaus)
Die Ausländer belasten unser Gesundheitssystem und ruinieren unsere Pensionsversicherung /
Sie bekommen mehr Kinder, die unterstützt werden müssen /
Sie werden häufiger krank als unsere Arbeitnehmer /
An den Schulen terrorisieren sie unsere Kinder und verhindern, daß sie etwas lernen /
Und – sie treiben die Kriminalstatistik in die Höhe. Von 10 betätigen sich 8 als Kaufhaus- oder Handtaschenräuber! /
(Gebrüll, Applaus)
Das ist kein Rassismus, das ist Statistik! /
Und sie nehmen uns auch die Wohnungen weg! Ich sage euch: Keine Ausländer, keine Wohnungsnot /
(Applaus, Gebrüll)
Und sie sind auch darauf aus, unsere Frauen und Töchter zu verführen und zu schwängern /
(Gebrüll, Applaus)
Sie lungern herum und lauern nur auf eine Gelegenheit. Sie wollen uns erobern, sie wollen unsere Rasse auslöschen und unseren Besitz übernehmen /
(Gebrüll, Applaus)
Und die Liberalen und die Linken helfen nur dabei. Sie vertei-

len die Asylanten gleichmäßig übers ganze Land, jede Stadt und jedes Bundesland muß ein Kontingent übernehmen. Und das in der heimtückischen Absicht, überall lebende Samenbanken zu haben, von denen aus unsere Rasse zerstört wird /
Bewahren wir uns vor Durchmischung und Durchrassung / Sollen wir unser eigenes Aussterben betreiben? Sollen wir uns genetisch verdrängen lassen? /
Die in unser Land strömenden Ausländermassen stören das sozioökologische Gleichgewicht /
Wir dürfen nicht zu einem Vielvölkerstaat werden. Wir sind strikt gegen die von den Linken und Liberalen propagierte multikulturelle Gesellschaft /
Die Regierung steckt den Asylanten und Wirtschaftsflüchtlingen das Geld ja hinten rein. Wir verschenken wie die Nikoläuse unseren Wohlstand an die Dritte Welt. Und die afrikanischen Potentaten verhuren und versaufen unser Geld an den Stränden des Mittelmeeres /
Soll die Regierung doch das Geld, das wir zur Budgetsanierung brauchen, bei den Asylanten einsparen! /
Ich würde an die Grenzen Schnellrichter stellen, die dort gleich die Spreu vom Weizen zu trennen haben. Das kommt billiger, als die Leute erst ins Land zu lassen, wo sie uns auf der Tasche liegen /
Wir werden in diesem Wahlkampf die Asylpolitik zum Thema machen, und glaubt mir, Freunde, dieses Thema wird uns den Wahlsieg sichern. Das sogenannte Grundrecht auf Asyl darf sehr wohl diskutiert werden /
Wir werden nicht dulden, daß Ausländer bettelnd, betrügend, ja auch messerstechend durch die Straßen ziehn, festgenommen werden und nur, weil sie das Wort Asyl rufen, dem Steuerzahler auf der Tasche liegen /
Wir werden nicht zulassen, daß in unsrer Stadt die Zigeuner tanzen /
Ich habe nichts gegen Ausländer, aber bei uns ist kein Platz für sie /

Freunde: das Gerede um die multikulturelle Gesellschaft ist eine böswillige Zersetzung unserer Identität /
Es muß jetzt Schluß sein mit dieser widerlichen Völkervermantschung /
Wollt ihr die Farbigen weiterhin ungestraft auf unsere Frauen und Töchter loslassen? /
(Gebrüll)
Den Frauen dürfen wir nicht trauen, wenn's um die Reinhaltung unserer Rasse geht. Jedes Tier achtet auf die Reinhaltung seiner Rasse. Feldmaus paart sich nur mit Feldmaus und Meise nur mit Meise. Beim Menschen interessiert das nur das Männchen. Den Frauen ist das anscheinend egal /
(Gebrüll)
Die Hauptstadt unseres Landes ist bereits ein Sumpf, den wir trockenlegen werden /
Wir werden die AIDS-Kranken kasernieren und genauso die Drogensüchtigen /
Die Drogendealer gehören standrechtlich erschossen /
(Zwischenruf: Und die Juden!)
Die Juden schieben wir ab nach Israel, schließlich sind wir humaner als Hitler /
Und ich verspreche euch, Freunde, ich werde nicht ruhen, ehe nicht alle Fremdrassigen aus dem Land getrieben sind /
Und mit ihnen auch alle Frauen, die sich fremdrassige Partner genommen haben /
Wir werden unser Volk retten aus seinem liberalen Delirium /
Wir werden es vor seiner Auslöschung durch fremde Rassen bewahren. Ja, Freunde, unser Land ist aufs Schärfste bedroht! Es ist bedroht von Rauschgift und von gemischtrassigem Sex; es ist bedroht von Kriminalität und vom biologischen Zusammenbruch /
Es ist auch bedroht von sogenannten „Künstlern", die ganz bewußt unseren Untergang betreiben / Es muß endlich Kunstwerken entgegengetreten werden, die der abendländischen Tra-

dition zuwiderlaufen, wie etwa Primitivkunst, fernöstliche Mode-Riten oder Subkultur / Gegen diese Bedrohungen haben wir ein Recht auf Notwehr – ein Naturrecht. Dieses Recht nehmen wir in Anspruch, wenn wir uns gegen die Überfremdung wehren / Wir werden dafür sorgen, daß unsere Heimat wieder sauber wird / Unsere Regierung ist dazu nicht in der Lage, mehr noch: sie ist gar nicht willens, die Ordnung im Lande aufrecht zu halten / Die Exekutive wird von liberalen Träumern daran gehindert, ihre Pflicht zu tun /
Sogenannte „Menschenrechte" sind ihnen wichtiger, als mit den Kriminellen radikal aufzuräumen /
Aber ich sage euch: Das Recht unserer Rasse auf Reinheit ist das erste Menschenrecht /
Bei der nächsten Demonstration würde ich ein Dutzend Wasserwerfer auffahren lassen, dreimal „Räumen" rufen und dann hineinfahren lassen in diese Masse von Verbrechern /
Aber um das klarzustellen: Ich bin strikt gegen Gewalt. Meinen Leuten sage ich stets: bleibt im Rahmen der Gesetze, im Gefängnis könnt ihr nichts ausrichten. Allerdings bin ich nicht verantwortlich für das, was sie in ihrer Freizeit unternehmen /
(Gelächter)
Und ich bin auch für die Verhältnismäßigkeit der Mittel: also werfen wir die Ausländer nicht zum Fenster, sondern nur zur Tür hinaus. Hauptsache, sie sind draußen /
(Anhaltendes Gelächter)
Ich sage es offen: Ich vertrete die Interessen der Mehrheit in diesem Land: die des Mittelstandes, der Landwirte, der Kleinunternehmer, der Freiberufler, der Katholiken, aller Leistungsbereiten und Heimattreuen /
Und ich buhle nicht um die Gunst der Zugereisten, der Asylanten, der Wirtschaftsflüchtlinge und all der Randgruppen, von den blauäugigen Schwulen bis zu den rothaarigen Lesben /
Aber ich sage noch einmal: wir sind nicht ausländerfeindlich, sondern bloß inländerfreundlich /

Wir sind nicht rechtsradikal, sondern rechtsnormal! / Wir sind die Normalen, gegen uns sind die Randgruppen die Perversen / Und ich spreche nur aus, was Millionen Landsleute sich denken

GERA
Möchtel ist ein geölter Demagoge; ein Politiker der gezielten Unanständigkeit.
PROFESSORE
Deshalb paßt er auch so gut zu einem gewissen Blatt.
GERA
Die Nullen, mit denen ein Demagoge sich vertausendfacht, findet er stets unter den Lesern der Kloakenpresse.
PROFESSORE
Manche sagen, Möchtel sei ein Dreckskerl, aber seine Wähler seien in Ordnung.
GERA
Wenn Möchtel ein Dreckskerl ist, sind auch seine Wähler Dreckskerle.
PROFESSORE
Vielleicht sind sie bloß Dummköpfe... Warum unternehmt ihr nichts gegen ihn?
GERA
Ehe man heute etwas gegen eine öffentliche Person unternimmt, fragt man besser danach, welchen Medienbesitzer sie auf ihrer Seite hat.
Und der einzige Weg zum Erfolg ist, sich mit einem konkurrierenden Medienbesitzer ins Einvernehmen zu setzen – so wie man Feuer mit Feuer oder Gift mit Gegengift bekämpft

Jetzt sitzt der professore in Untersuchungshaft (die in diesem Land rasch verhängt wird). Das BLATT mußte nur wenig nachhelfen.
Vor allem half Schleim, den professore einzufangen, rief einfach bei seiner Mutter an und bat sie um ihre Stellungnahme zur Flucht ihres Sohnes.
Die Mutter daraufhin vertrauensselig: Was heißt Flucht. Er ist ohnehin bei mir zu Hause…
Schleim ließ es sich nicht nehmen, mit der Polizei mitzufahren, die den professore sofort aus dem Bett holte

---

Heute wurde die neue Wirtschaftsprognose veröffentlicht; sieht gut aus für Land und Regierung; hervorragende Daten im Vergleich zu den OECD-Ländern.
Kein Grund für uns, auf Kritik an der Regierung zu verzichten:
HERAUSGEBER
Warten Sie… wenn die Arbeitslosigkeit auch gesunken ist, so gibt es sie noch immer, richtig?
SCHLEIM
Richtig.
HERAUSGEBER
Und sie ist wahrscheinlich höher, als irgendwer sich erwartet hat. Richtig?
SCHLEIM
Richtig. Irgendwen gibt's bestimmt, der sie niedriger geschätzt hat.
HERAUSGEBER
Wie lautet also unsere Schlagzeile?
SCHLEIM
WIEDER MEHR ARBEITSLOSE ALS ERWARTET
REGIERUNG ERFOLGLOS
HERAUSGEBER
Na also!

Gera wurde vom Gericht das Recht auf mehrere Seiten Mitteilungen, Entgegnungen etc., darunter auch auf Titelseiten, im BLATT bestätigt. Zunächst die Mitteilung gemäß § 37 Mediengesetz, daß sie das BLATT wegen des Vergehens der üblen Nachrede geklagt hat, und zwar für jede Lüge einzeln; dann die Entgegnung für jede dieser Lügen im selben Umfang; zusätzlich darf das BLATT keine Fotos mehr von ihr veröffentlichen, wenn negativ über sie berichtet wird.
Peinlich. Der Herausgeber läßt Geras Anwalt ein Angebot unterbreiten: Gegen eine bestimmte Summe soll sie auf die Entgegnungen verzichten. Gera verzichtet – auf das Geld. Der Herausgeber tobt: Diese Schnalle, diese Fernsehtussi, dieses Professorenflittchen...

Gegen den Kanzler hat Schleim wieder eine amüsante Formulierung gefunden: Das Niveau seiner Politik ist so abschüssig, seine Talfahrt zur Niederlage so rasch, daß Polemik gegen ihn fast wie ein Schuß in den Rücken wirkt

---

Gera nennt den ihrer Meinung nach wirklichen Grund für den Privatkrieg des BLATTs gegen den Kanzler: Der Herausgeber habe sich ein großes Haus bauen lassen, „penetrant" beliebte sie es zu bezeichnen, er habe für das Haus einen bekannten Modearchitekten engagiert, wohl in der Absicht, als großer Bauherr in den einschlägigen Magazinen gefeiert zu werden, habe dann das Haus mit zusammengekauften Kunstwerken vollgestopft in der Absicht, es zum Museum erklären zu lassen – das allerdings auf Staatskosten. Jedenfalls begehrte er eine stattliche Subvention dafür, dazu die – lebenslange – Position des Museumsdirektors. Beinahe wäre der Plan auch aufgegangen, hätten nicht im letzten Moment ein paar Journalisten von Konkurrenzblättern davon Wind bekommen und dagegen polemisiert. Der Kanzler habe daraufhin den Deal gestoppt und damit den Herausgeber, der gern als Mann von Kultur (und nicht bloß als gerissener Blattmacher) in die Geschichte eingehen will, an seiner empfindlichsten Stelle getroffen. Seither arbeite er daran, den Kanzler zu vernichten.

Nachdem Gera diese Meinung, wenn auch dem Rundfunkgesetz entsprechend ausgewogen und abgeschwächt, in ihrer Sendung verbreitet hat, hält man sich bei uns etwas zurück: Statt den Kanzler anzugreifen, machen wir nur gute Stimmung für seinen Konkurrenten Möchtel – was genauso wirkt.

Zitate aus einem Artikel Rechthalters über den Oppositionsführer:
Ein politischer Komet / Immer der Erfolgreichste / Immer der Beste / Steilste Politkarriere in der Geschichte unseres Landes / Drängt jetzt mit Elan an die Macht / Bereit, Verantwortung zu übernehmen / Ein leidenschaftlicher Konservativer, rechts von der Mitte / Stets für Recht und Ordnung / Pflichtbewußt / Hart gegen sich selbst / Fleißig / Ein Mann mit Familiensinn / Ein Politiker zum Anfassen / Der dem Volk aufs Maul schaut / Die krampfhaften Bemühungen der Regierungspartei, ihren lästigen Konkurrenten auszugrenzen / Treiben dem nur neue Wähler / In Scharen / Zu
Warum eigentlich nicht, frage ich; warum soll Möchtel nicht auch einmal regieren, der Staat wird nicht gleich untergehn. Was er fordert, sagt Gera, ist oft gar nicht falsch; aber er ist einfach ein mieser Typ, wenn ich nur irgendwas von Menschen verstehe, ein besonders mieser: hysterisch, banausisch, kleinlich, gewissenlos, gewalttätig, zumindest verbal. Außerdem:

Gerade weil er die Macht so gerne möchte, empfiehlt es sich, ihn davon fernzuhalten.

Radikale Pressearbeit:
In Kolumbien wird der Pressesprecher des Drogenkartells festgenommen, Edgar Roberto Escobar Taborda, genannt El poete. Seine Aufgabe war es offenbar weniger, die Presse zu informieren, als auf mißliebige Journalisten Killerkommandos anzusetzen... naja, in Kolumbien

---

Einem Computervirtuosen ist es gelungen, über die Datennetze einer TV-Station Zwischentexte ins Programm einzuschleusen. Beim Auftritt eines jener peinlichen Showmaster etwa ist plötzlich zu lesen:
INTERESSIERT SIE DAS WIRKLICH?
WAS SOLL DAS?
JETZT UMSCHALTEN!
FERNSEHEN IST SABOTAGE AM LEBEN
FERNSEHEN MACHT ALT UND KINDISCH
usf.
Wirklich kindisch!

Gera verzichtet dem BLATT gegenüber auf die ihr zugesprochenen Entgegnungen, das BLATT zieht draufhin seine Anzeige gegen den professore zurück, der enthaftet wird.

In der Stadtwohnung – bei laufendem Fernseher – ein Gespräch mit Gera und dem professore:

Auf eine Sendung über Terror folgt jetzt eine mit Produktwerbung. Sie ergänzen einander ja vortrefflich!
Beweist das jetzt den Warencharakter des Terrors oder den terroristischen Charakter der Werbung?
Oder den der Produkte?
Oder die terroristische Qualität des Fernsehens?
Oder einfach, daß sich das Fernsehen des Terrors als Ware bedient?
Oder umgekehrt, daß sich der Terror des Fernsehens bedient?
Wieviele Videobänder von terroristischen Geiselnehmern, wieviele politische Botschaften von Terroristen wurden schon gesendet?
Alles wird gesendet…
Doch nur kurz…
Maxime bei Fernsehinterviews ist: Bist du mir auch noch so fleißig, du kommst mir nicht über einsdreißig.
Auch bei schwierigen Themen?
Gerade bei schwierigen Themen.
Deshalb liegen im Fernsehen Klamauk und Tragik, Erhabenheit und Lächerlichkeit sehr nah beieinander.
Sind nur jene Zehntelsekunde getrennt, die man braucht, um auf ein anderes Programm umzuschalten.
Werden Menschen jetzt aggressiv, weil sie Gewalt im Fernsehen verfolgen, oder sehen sie sich diese Sendungen an, weil sie aggressiv sind?
Eure Zielgruppe sind die unterhaltungsorientierten Hochkulturvermeider.
Es gibt keine seichten oder anspruchsvollen Sendungen, es gibt nur solche mit vielen Zusehern und schlechte.
Im Seichten kann man wenigstens nicht ertrinken.
Wir sind nicht auf Preise für guten Geschmack aus.
Die Frage ist: Sollen wir dem Publikum geben, was es sich wünscht oder was es sich wünschen sollte?
Sex im Fernsehen gehört zur Grundversorgung der Bevölkerung.

Und Gewalt?

Das Fernsehen ist nicht die Ursache der Verhältnisse, sondern deren Folge.

Keine Angst: das Fernsehen wird die Kultur nicht zerstören. Dazu fehlt ihm die Kraft.

Fernsehstoffe sind wie Drogen, mit ähnlicher Wirkung auf Menschen wie diese: Realitätsverlust, Sucht, Einschränkung der Wahrnehmungsfähigkeit, Verrohung, Desozialisierung.

Aber Fernsehstoffhändlern ist (wie den Drogendealern) die Wirkung ihrer Ware auf die Menschen gleichgültig – und wie diese sagen sie: wenn wir es nicht tun, tut es ein anderer.

Im Vergleich zur Wirkung von Massenblättern ist Fernsehen doch harmlos.

Neue Medien treten anfangs immer harmlos auf. Haben sie sich dann durchgesetzt, ändern sie, wie alle Technik, die menschliche Wahrnehmung.

Wir leben bereits im postliteralen, bald postalphabetischen Zeitalter.

Das sagen viele. Doch gab es noch nie soviele Zeitungen in so hohen Auflagen, noch nie soviele Bücher, noch nie konnten so viele Menschen sich der Schrift bedienen.

Selbst die Computer sind eigentlich Schriftmaschinen.

Zugleich aber steigt weltweit der Prozentsatz an Analphabeten

Für die gibt's eben das Fernsehen.

Zyniker!

Weniger zynisch gemeint, als es klingt: für die Milliarden von Armen in der Dritten Welt ist Fernsehen die einzige Chance, an der „Kultur“ dieser Welt teilzunehmen.

Die Schrift ist nach wie vor das Codesystem der Machthaber.

Fernsehen scheint ihre Erfindung zu sein, mit der sie den status quo absichern wollen.

Mit Erfolg!

Es gibt heute eine neue Klassengesellschaft, und die Klassen sind: Leser gegen Seher, Zeitungsnutzer gegen Fernsehteilnehmer.

Auch die opinion leader nutzen das Fernsehen.
Aber selektiv. Und distanziert; gleichsam als Zitat.
Das Fernsehen wirkt auf den einzelnen unterschiedlich – je nach seinem Bewußtsein.
Der Fernseher neigt dazu, das Sich-informieren über die Probleme schon als ausreichendes Engagement und als Ausdruck seiner Zivilcourage zu sehen.
Fernsehen macht alle gleich.
Es macht die Gleichen gleicher.
In dem Sinn zählen Boulevardblätter zum Fernsehen: gleiche Zielgruppen, gleiche Strategien.
Marketingstrategie des BLATTs ist es, die Zeitung für die Fernsehgeneration zu sein.
Umgekehrt sind bestimmte Fernsehstationen oder auch einzelne Sendungen der Qualitätspresse zuzuordnen. Ja, auch jene Sender, die in ihren Statuten etwas wie einen öffentlichrechtlichen Bildungsauftrag haben – was nicht einmal unbedingt zu Langeweile führen muß.
Was das Volk am liebsten sehen will? Hinrichtungen. Live. Mit Zoom auf das Gesicht des Delinquenten. Und fürs Samstagabendprogramm eine schöne Folterung.
Was durch Volksabstimmung jederzeit zu erreichen wäre.
Jedenfalls, wenn das BLATT sie unterstützt.
Daß es wieder die Todesstrafe in diesem Land gibt, ist ohnedies dem BLATT zu verdanken.
Hinrichtungen im Fernsehen sind auch keine Utopie mehr
Fernsehen schärft eben die Sinne.
Macht realitätstüchtig.
Und aktiv.
Fördert differenzierte Urteile.
Fernsehen wirkt wie eine Droge.
Ersetzt damit die Religion.
Gut, daß ohnehin neunzig Prozent des Programms nicht wahrgenommen werden.

Was auch für Zeitungen gilt.
Zeitung lesen ist wenigstens eine bewußte Tätigkeit. Ferngesehen wird immer mehr nebenbei.
Die Programme sind oft auch nicht viel mehr als bebilderter Rundfunk.
Jedenfalls haben sich alle getäuscht, die erwarteten, daß das Fernsehen das Ende der Zeitungen wäre: Die Zeitungen haben sich nicht nur behauptet, sie sind dem Fernsehen an Wirksamkeit noch immer überlegen.
Öffentliche Personen, seien es Künstler, Wirtschaftsleute oder Politiker, fühlen sich von Kritiken in print-Medien wesentlich empfindlicher getroffen als von solchen im Fernsehen.
Klar, den Zeitungsartikel kann man immer wieder nachlesen, kann andere darauf aufmerksam machen.
Fernsehen bringt die Ereignisse rascher als die Zeitungen, die sind dafür „genauer". Außerdem traut man den Bildern nicht mehr, seit man bemerkt hat, daß sie digital perfekt manipulierbar sind.
Weiß man aber auch, wieviel wirkungsvoller mit Sprache manipuliert werden kann?
Außerdem sind Zeitungen, die man als vergänglichstes Medium angesehen hat…
…Nichts ist älter als die Zeitung von gestern…
…im Vergleich zu den elektronischen Medien, die kaum eine Spur hinterlassen, etwas geradezu Dauerhaftes geworden; etwas, das in Bibliotheken archiviert ist, vielfach über Jahrhunderte, und das auch noch genutzt wird, von Wissenschaftern, Studenten…
Es gibt auch Videoarchive.
Aber keiner kommt auf die Idee, sich all den visuellen Müll noch einmal anzusehen. Tausende Fernsehsender, zehntausende Programmstunden täglich, seit Jahrzehnten – es ist unmöglich, das alles zu speichern, es ist auch völlig sinnlos, das speichern zu wollen, keiner kann das noch sehen, keiner es ordnen; es ist verloren.
Bücher sind offensichtlich doch ein sehr effizienter Speicher-

raum; Fernsehen ist so extensiv wie das Leben, eine extensive Folge von (Schein-)Intensitäten. Das Fernsehen wird man brauchen, um die ungeschriebenen Emotionen, um die Visionen und die Mythen dieser Zeit aufzuspüren, um zu bewahren, was Milliarden Menschen gemeinsam fühlten. Fernsehbilder sind die Traumbilder der Menge, sie werden angesehen wie einst die Bilder an den Höhlenwänden.

Fernsehen macht einig; es eint Völker, Länder, Kontinente; so wie einst die große Literatur für kulturelle Identität hatte sorgen wollen.

Fernsehen als Nachfolger von Dante?

Für eine multikulturelle Weltkultur.

Fernsehen, schon von seiner Technik des Sendens her, ist aufs Unendliche gerichtet, strebt nach Ubiquität und Totalität.

Wie sie alle gemeinsam trauern um den Filmtod eines Serienhelden.

Der Teil der eigenen Familie geworden ist.

Mit dem man sich intensiver beschäftigt als mit den Familienmitgliedern.

Fernsehen entzieht dem Leben Substanz, bietet sich selbst dafür als Ersatz, nein, als Lebensessenz.

Die Verkabelung spart Bewegung.

Die Fernbedienung ebenso.

Die Bewegung der Gemüter folgt der Fieberkurve der Serien, persönliche Gefühle, Wünsche, Begierden gehen in kollektiv miterlebten Serienabenteuern auf.

Hauptnutzen der Massenmedien für den einzelnen: sie dienen dem Abbau von Spannungen zwischen seinem Handeln und seinem besseren Wissen, sie helfen ihm, Widersprüche abzubauen und ein Gleichgewicht zu finden.

Zeitungen bleiben das Medium der Mobilen.

Und nach wie vor des Urbanen.

Fernsehen macht die Welt zum Dorf, in dem die Bilder aus den Metropolen gespielt werden; aber nicht das vielzitierte Welt-

dorf entsteht, sondern eher ein kontinenteweites, amorphes Konglomerat aus Suburb, Slum, Schlaf-, Freizeit-, Produktions- und Shoppingzonen ohne Zentrum und ohne direkte Kontakte.
Angesichts der subversiven Rolle des Fernsehens bei den politischen Umwälzungen in Rumänien und Rußland liest man schon, dieses Orwellsche Medium der Unterdrückung hätte im Gegenteil die Welt jetzt von Unterdrückern befreit.
Die subversiven Medien sind aber eher Computernetze, Fax, Satellitentelefone, auch das schlichte Fotokopiergerät. (Dieses und selbst gewöhnliche Schreibmaschinen scheinen den Diktatoren in aller Welt so gefährlich, daß sie Gesetze zu deren Kontrolle erlassen.)
Es sind Medien, die man auch nutzen kann, wenn die Massenmedien von den herrschenden Mächten total kontrolliert werden.
Was, wenn das Fernsehen alles insgeheim versklavte, was so frei sich dünkt?
Die wirkungsvollste Form der Sklaverei ist stets jene, die von den Sklaven selbst gewünscht und als gottgegeben angesehen wird.

Gera schlägt mir vor, mehr zu tun als – wie sie es ausdrückt – alberne Artikel fürs BLATT zu schreiben, etwa ein Buch zum Thema Medien. Doch Bücher ü b e r Medien gibt's genug: Fachbücher, Populärwissenschaftliches, herkömmliche Romane… Was ist die den Medien entsprechende Form? Ist es die meiner Notizen?
Ist es die der Medien selbst? Ein Mix aus Fakten, Zitaten, Statements, Reflexionen, artifiziell verdichtet?
Ist es ein in Zeitungsform verfaßter Text, etwa als Faksimile einer fiktiven Zeitung reproduziert? Kann man über Medien nur als Insider schreiben? Nur als Dissident? Oder nur aus dem

Untergrund? Genügt es, die Protokolle von Redaktionskonferenzen einfach abzudrucken? Sind die Akten der Mediengerichtsverfahren die Form?
Ist es nicht schon Blasphemie, über Medien kritisch schreiben zu wollen?

Möchtel im Fernsehen über Kunst:
Wir wollen, daß alle Menschen und gesellschaftlichen Gruppen ihre kulturellen Bedürfnisse ungehindert äußern können / Kunst und Wissenschaft sollen sich in Toleranz und Offenheit, bei Achtung von Menschenwürde und Freiheit, entwickeln / So steht's in unserem Parteiprogramm / Aber / Die Kunst soll nicht unsere Sitten / Und unser Brauchtum verletzen / Sie soll / Bei der Bevölkerung / Wenigstens ein Mindestmaß an angenehmen Empfindungen wecken / Sie soll / Den Durchschnittsbürger innerlich erbauen / Der gesunde Menschenverstand soll auch als Maßstab für die Kunst gelten / Wir sind gegen Scharlatanerie und gegen den Kult des Häßlichen / Gegen die Kulturmafia und die Unkultur der Multi-Kultis / Wir sind gegen den gesichts- und nationslos gewordenen Abschaum / Gegen den Internationalismus, der unser eigenes Kulturbewußtsein zerstört / Gegen die Afterkünstler / Die den gesunden Volkskörper zersetzen / Wir sind gegen die dichtenden Nestbeschmutzer / Gegen die subventionsabhängigen Lemminge / Gegen die entwurzelten Asphaltliteraten / Gegen die spastischen Zuckungen mikrofonschwingender Bauchtänzer / Gegen den lallenden Stumpfsinn des Regietheaters / Gegen den fälschlich als Kunst bezeichneten Mist der modernen Malerei / Wir sind gegen schweinigelnde Regisseure und darstellende Kritzelakrobaten / Und wir sind vor allem gegen jegliche Förderung angeblicher Künstler / Die unsere Heimat verächtlich machen / Die sich fremdartiger Aus-

drucksmittel bedienen und die nicht zu unserem Kulturkreis gehören / Was von den unserer Volksgemeinschaft zugehörenden Laien gemalt, gebastelt, gespielt oder inszeniert wird, ist von reinerem Wollen und von höherem Können als die prämierten Werke mancher Staatspreisträger...

Schleim bringt immer wieder die raffiniertesten Ideen ein; heute schlägt er vor, von einer Wahrsagerin das Horoskop des Kanzlers erstellen zu lassen, daraus die Wahlniederlage seiner Partei zu prophezeien.
Mein naiver Einwand: „Was, wenn die Wahrsagerin etwas anderes voraussagt?“ wird mit Recht belächelt.
„Dann wechseln wir eben die Wahrsagerin“.

Schon wieder ein Zwischenfall mit dem professore: Er hat einen Taxilenker in den Arsch getreten – allerdings erst nachdem dieser ihn mit dem Gummiknüppel angegriffen hatte.
Das Publikum stand sofort auf der Seite des Chauffeurs: Er hatte nämlich auf einen Bericht im BLATT hingewiesen, in dem der professore als Nestbeschmutzer vorgestellt wird. Der Nestbeschmutzer wurde verprügelt, und die endlich eingetroffene Polizei nahm nicht den Täter fest, sondern das Opfer des Volkszorns. In der Redaktion wird vorgeschlagen, einen „Orden für angewandten Patriotismus“ zu schaffen und ihn sofort dem braven Taxler zu verleihen. Schleim setzt den Gedanken fort und regt an, eine Aktion ins Leben zu rufen mit dem Ziel, die Sicherheit auf den Straßen zu erhöhen. Zu diesem Zweck sollten die Taxichauffeure bewaffnet werden und eine Ausbildung im Nahkampf erhalten, das BLATT würde eine Sammlung veranstalten, um die Aktion zu finanzieren.

Eine Telefonumfrage der Möchtel-Partei ergab einen erhöhten Stimmenanteil. Schlagzeile des BLATTs:
REPRÄSENTATIVE ERHEBUNG EINES SERIÖSEN MEINUNGSFORSCHUNGSINSTITUTES SAGT WAHLSIEG MÖCHTELS VORAUS

Gera mit ihrem unüberbietbaren Zynismus: Die sogenannte wissenschaftliche Meinungsforschung ließe sich heute vorzüglich als politisches Meinungsbildungsinstrument gebrauchen. Jeder professionelle Meinungsforscher sei imstande, jedes gewünschte Ergebnis allein durch die Art der Fragestellung und der Analyse zustandezubringen. Sonst könne er sich sein Lehrgeld zurückgeben lassen

---

Krach in der Redaktion; der Herausgeber meint, wir alle hätten den Beruf verfehlt: ein Konkurrenzblatt hat zu einem Mordfall ein drastisches Detail gebracht, über das im BLATT nicht berichtet wurde – das Schlimmste, was passieren kann.

Der professore hat das BLATT wegen Verhetzung geklagt: er sei von unseren Lesern schon mehrmals tätlich angegriffen worden, erhalte ständig Drohanrufe und anonyme Drohschreiben. Klar, daß der Richter die Klage zurückwies. Begründung: Die Schreibweise des BLATTs sei in keiner Weise zu kriminellen Handlungen aufreizend, die Angriffe auf den Kläger hätten mit dem journalistischen Wirken der Redaktion absolut nichts zu tun. Die zitierten Passagen aus dem BLATT seien zwar mehr oder weniger deftig und könnten in der Intensität der Formulierung nicht gerade als zart bezeichnet werden, doch sei das verständlich und einsehbar, da die Auseinandersetzung um das Theaterstück des Klägers mit verbaler Gewalt in äußerster Schärfe geführt wurde. Das Gericht sehe also die vorgelegten Zitate nicht isoliert, sondern vor ihrem publizistischen Hintergrund. Die tätlichen Angriffe gegen den Kläger seien zwar bedauerlich, er hätte sich diese aber selbst zuzuschreiben.

Die Kulturpolitiker dieses Landes haben die Bedeutung der Medien erkannt: Sie machen Kulturpolitik hauptsächlich der Medien wegen. Maxime: Was nicht in den Zeitungen steht, ist nicht Kultur. Ein Museumsdirektor, dessen Qualifikation angezweifelt wird, verweist stolz auf das „positive Medienecho, auch im Ausland", das er für seine Ausstellungstätigkeit eingeheimst hätte; der Kulturstaatsrat nennt öffentlich als sein bevorzugtes Kriterium bei Subventionsentscheidungen das „in- und ausländische Medienecho" und er läßt, um Risken zu vermeiden, nur Künstler für die alljährlichen Festspiele engagieren, die in der vergangenen Saison vom ausländischen Spitzenfeuilleton hochgelobt wurden. Aber auch die Künstler selbst verweisen, um die Bedeutung ihrer Arbeit hervorzuheben, nicht etwa auf künstlerische Konzepte oder Qualitäten, sondern schlicht auf ihre „Medienakzeptanz".

Möchtel hat die anderen Parteien ununterbrochen steuerlicher Unkorrektheiten beschuldigt. Jetzt ist seine Partei selbst der Steuerhinterziehung überführt worden. Alle Medien berichten – nur das BLATT schweigt. Einige Tage danach ein Leitartikel, in dem der Steuerbetrug der Möchtelpartei als Steuerfalle seitens der R e g i e r u n g s p a r t e i dargestellt wird

In der Stadt taucht ein anonymes Flugblatt auf: Es ist der Titelseite des BLATTs nachempfunden, zeigt ein Bild Schleims mit Schweinsohren, darunter den Text:
SCHWEIN. MACHE ALLES
Helle Empörung in der Redaktion.

Der Kanzler und sein Gegenspieler Möchtel diskutieren im Fernsehen. Das BLATT erklärt umgehend Möchtel zum Sieger: Seine Sicherheit in Formulierung und Argumentation / Sein sympathisches Auftreten / Sind eine erfreuliche Abwechslung in der politischen Landschaft / Eine Sternstunde für Möchtel / Er mobilisiert die Öffentlichkeit wie nie zuvor / Er holte zum Schlag gegen die Regierungspartei aus / Blieb eindeutig Punktesieger im Duell / Seine scharfen Attacken haben ihm nicht geschadet, sie bestärkten die Protestwähler sogar in der Meinung, daß er ein Politiker ist, der sich was traut / Ein eindrucksvoller Erfolg / Möchtel liegt in der Wählergunst eindeutig voran / Der Kanzler machte einen matten Eindruck / Hing geschlagen in den Seilen / Möchtel trieb ihn vor sich her / Ist weiter auf dem Weg zum Sieg.

Merk dir, sagt Schleim, in die Schlagzeile schreibt man das, was man gerne möchte, relativiert es dann im Kleintext (den ohnehin nur wenige lesen) gerade soweit, daß man, vor Gericht zitiert, mit gutem Gewissen sagen kann: Was wollen Sie eigentlich? Und sollte das immer noch nicht genügen, beruft man sich auf die Pressefreiheit.

Über Meinungen kann man jederzeit schreiben, die kann niemand nachprüfen. Und man erspart sich die lästige Suche nach Fakten. Außerdem: Auf gedruckte Meinungen folgen stets ge-

druckte Meinungen anderer, dann wieder Berichte über Meinungen zu Meinungen usf.

Nehmt euch den Finanzminister vor, regt der Herausgeber an; alle Ressorts sind dazu eingeladen.
Schleim erklärt mir nachher den Grund: Ein Gesellschafter unsres Verlags wurde ausbezahlt und ein Steuerbescheid, der ihn als „lästigen Gesellschafter" im juridischen Sinn anerkennen würde, könnte uns hunderte Millionen an Steuern sparen. Doch dieser Finanzminister denkt nicht daran, den für uns günstigen Entscheid zu treffen. Noch nicht.

Und weil wir schon dabei sind, knöpfen wir uns auch gleich den Justizminister vor; die Vorwahlzeit macht die Politiker ja noch mehr zugänglicher als sonst. Wir wünschen, daß ins Strafgesetz der Tatbestand der „Medienstörung", analog zum Religionsstörungsparagraphen aufgenommen wird. Ähnlich der Amtsehrenbeleidigung wäre auch eine verschärfte Strafsanktion für „Medienehrenbeleidigung" wünschenswert. Ebenfalls gelte es, eine spezielle Form des Terrorismus, des Medienterrorismus, zu etablieren. Lieber nicht, sagt der Herausgeber; manche könnten glauben, es handle sich dabei um Terrorismus d u r c h Medien und nicht a n Medien.
Rechthalter gibt zu bedenken, daß überhaupt ein allgemeiner Straftatbestand für „Medienverhinderung" wünschenswert wäre, der zum Beispiel alle gegen uns gerichteten Aktionen strafrechtlich erfassen könnte.
Klar, sagt Schleim, wir sind ja die Stimme des Volkes und können deshalb einen besonderen Schutz beanspruchen…
Wer uns beleidigt, sagt der Herausgeber, beleidigt das Volk.

Ich bin nicht einfach Journalist, sagt Schleim, sondern ein Volkstribun...
Rechthalter sieht sich als Priester, der sich täglich mit seiner Predigt ans Volk wendet und von dem dieses Volk erwartet, daß er zu allen Themen – egal ob Wissenschaft, Politik, Kunst – Stellung nimmt. Einem Priester gleich müsse er dem gläubigen Volk einfache Lösungen für die Probleme der Welt anbieten.
Wir erweisen der Demokratie ständig große Dienste, meint der Herausgeber: Anstelle umständlicher und teurer Volksabstimmungen lassen wir gleich unsere Leser über die strittigen Themen entscheiden – weshalb ein gesetzlicher Schutz unserer Arbeit im Interesse des Volkes liegt.

Es gibt keinen Diktator heute, der sich nicht aufs Volk berief – dieses ist an die Stelle Gottes getreten und die Medien an die Stelle der Kirche, die – wie diese – den Alleinvertretungsanspruch erheben.
WIR SIND DAS VOLK ist die Parole, und die vielen Nullen geben ihr demoskopisches Gewicht. Und alles Recht geht vom Volke aus.

Jetzt taucht in einem – ohnedies nur von einem elitären Klüngel gelesenen – Magazin eine Karikatur unseres Herausgebers auf, ebenfalls mit Schweinsohren. Der Zeichner wird sofort geklagt. In Geras TV-Magazin erhält er Gelegenheit, sich auf die Freiheit der Kunst zu berufen und hinzuzufügen, das BLATT verstehe die Pressefreiheit ohnedies nur als Verleumdungsfreiheit.
Unerhört!

Oft rätseln die Leute, wie der Aufdeckungsjournalist zu seinem wundersamen Wissen kommt: sie sollten die Stapel an anonymen Beschuldigungen sehen, die täglich in den Redaktionen eintreffen, ebenso die Konvolute kopierter Akten aus allen Ämtern, sie sollten die fanatischen Rächer sehen, die mit Koffern voll Material in die Redaktionen kommen. Die Kopiermaschinen in den Ministerien scheinen überwiegend zur Anfertigung von geheimen Kopien brisanter Akten dienen – die dann meistens beim BLATT landen.

Oppositionsführer Möchtel läßt (durch seinen persönlichen Assistenten) Enthüllungen über den Kanzler ankündigen; Einzelheiten über dessen Privatleben, vor allem über seine sexuellen Vorlieben – alles recherchiert, seriöses Detektivbüro, eidesstattliche Erklärungen, alles exklusiv für das BLATT.
Der Herausgeber läßt eine Serie vorbereiten:
DIE SCHMUTZIGEN GEHEIMNISSE DES KANZLERS
In der Redaktion reibt man sich schon die Hände.

Medienskandale sind für jeden nützlich (ausgenommen vielleicht für den gerade Angegriffenen): Man kann durchaus von einer Symbiose zwischen Medien und Politik sprechen; gäbe es die politischen Skandale nicht, müßte man sie im Interesse der Pressevielfalt und der Meinungsfreiheit erfinden. Sind die politischen Skandale eine bewußte Maßnahme der Politiker im Sinn einer Presseförderung? Jedenfalls scheinen sie vielfach die einzig funktionierenden medienpolitischen Handlungen unsrer Regierung zu sein.

Man soll nicht glauben, es sei einfach, Skandale zu erzeugen: Ohne Hilfe der Medien gelingt das heute kaum. Ohne Medien keine Skandale. Ohne Skandale keine Medien?

Skandale nützen nicht bloß uns, sondern auch dem Bürger: Sie sind wie reinigende Gewitter der Psyche. Nur durch den Skandal ist der Bürger dem Mächtigen ebenbürtig, sogar überlegen.

Medienskandale sind die Gladiatorenspiele von heute; das Publikum lehnt sich zurück und genießt das Schauspiel, hält dann den Daumen nach oben oder unten, schreit „Hosianna" oder „Crucifice".
(Die Medienmacher wissen: Die meisten Leser finden sie, wenn sie rufen: Kreuzigt ihn!)

Daß das Publikum, das Skandale liebt, nicht schwindet, dafür haben wir selbst zu sorgen; täglich die Fähigkeit der Menschen zur Wut, zur Empörung, ja zur Schadenfreude und Häme zu trainieren, ist Marketingstrategie

---

Gera sagt heute morgen nur: Sieh dir abends meine Sendung an; mehr will sie nicht sagen.
Wir sehen die Sendung in der Redaktion, sie schlägt ein wie eine Bombe:
Unter dem Insert
MÖCHTELS SCHMUTZIGE TRICKS
spricht sie kühl in die Kamera:

Ist es wieder eine der nicht seltenen Ironien in der Geschichte unserer Innenpolitik? Ist es einfach ausgleichende Gerechtigkeit? Das BLATT, Leiborgan des populistischen Oppositionsführers Möchtel, kündigte heute Enthüllungen der Möchtel-Partei über angeblich schmutzige Geheimnisse des Kanzlers an. Und gerade heute erhielten wir Kenntnis von Aktivitäten des Herrn Möchtel, die „schmutzig" zu bezeichnen noch ein Euphemismus wäre. Was ist geschehen?
In die Redaktion kam ein Herr Reißer und gab – im Beisein eines Notars – zu Protokoll:
Er habe als Journalist für das BLATT gearbeitet; im Herbst dieses Jahres sei er für die Dauer des Wahlkampfs an die Möchtel-Partei abgetreten worden. Seitdem beziehe er ein Gehalt von der Pressestelle der Landesregierung, deren Chef Möchtel ist. Die Differenz auf sein voriges Gehalt wird weiter vom BLATT bezahlt. Mit anderen Worten: Möchtel hat Reißer als lebende Subvention vom BLATT bekommen und diesen vermögensrechtlichen Vorteil nicht versteuert; außerdem trägt Reißers Gehalt letztlich der Steuerzahler – was insbesondere deswegen bemerkenswert ist, weil Möchtel ja besonders in Steuersachen gern den Saubermann der Politik spielt.
Weitere Mittel habe Reißer außerdem aus dem sogenannten „Fonds zur Verfügung des Landeshauptmanns zur Förderung des Informationswesens" erhalten, dessen Gelder vorzugsweise zur Abdeckung nicht verrechenbarer Spesen, im Klartext von Schmiergeldzahlungen, verwendet werden.
Reißer sei offiziell als P.R.-Agent beschäftigt worden, tatsächlich aber sollte er gegen den politischen Gegner Aktionen, wie er sagte, „unter der Gürtellinie" starten.
An Eides statt formulierte Reißer dann die folgenden Vorwürfe gegen Möchtel:
Er sei von ihm persönlich beauftragt worden, die Steuererklärungen des Kanzlers zu beschaffen. Möchtel habe ihm dann den Text einer anonymen Anzeige diktiert, die den Kanzler der

Steuerhinterziehung bezichtigte. Möchel habe sich selbst eine Kopie der Anzeige schicken lassen, weil er dann besser in der Sache nachhaken könnte. Unterschrieben war der Brief mit „ein besorgter Steuerzahler". Die Denunziation habe allerdings zu nichts geführt, weil der Kanzler leider alle Steuern korrekt bezahlt hatte.

Weiter habe Möchtel angeordnet, das Privatleben des Kanzlers von Detektiven überwachen zu lassen.

Es sollten Gerüchte über dessen angebliche Bisexualität erhärtet werden, möglichst mit Fotos und anderem Beweismaterial. Möchtel habe gesagt: Wenn der wenigstens bisexuell ist, habe ich die Wahl schon gewonnen. Die Kosten für die Detektive habe ein mit dem Herausgeber des BLATTs befreundeter Unternehmer übernommen, der diese auch noch – als angebliche Sicherheitsüberprüfung seines Betriebs – von der Steuer absetzte. Nach zwei Wochen sei die Beschattung des Kanzlers wieder abgebrochen worden: keine Ergebnisse.

Als nächsten Schritt habe Möchtel Reißer beauftragt, eine Abhörwanze zu besorgen. Für den Tag drauf war eine Überprüfung von Möchtels Telefonanlage vorgesehen, Möchtel habe gesagt: Wenn dabei eine Wanze gefunden wird, sehen meine politischen Gegner wohl schlecht aus. Vorbild für diese Aktion sei der Watergate-Skandal gewesen.

Als schlimmste Aktion bezeichnete Reißer den Auftrag Möchtels, das Gerücht zu verbreiten, der Kanzler habe AIDS. Reißer habe den Kanzler angerufen, sich als Arzt ausgegeben und gesagt, er solle sich mit dem Gedanken vertraut machen, daß er AIDS habe, einer seiner Geschlechtspartner sei eben daran erkrankt...

Das Geschlecht des Partners sei dabei absichtlich offen gelassen worden, um vielleicht einen Hinweis auf eine mögliche Bisexualität des Kanzlers zu erhalten.

Sofort läßt der Herausgeber den Umbruch ändern:
GEMEIN! UNFAIRER ANGRIFF AUF MÖCHTEL
ENTGLEISUNG EINER TV-JOURNALISTIN
Sie habe das Objektivitätsgebot des öffentlichen Fernsehens gebrochen, ihren Haßgefühlen gegen einen erfolgreichen Politiker freien Lauf gelassen, man fordert ihre sofortige Entlassung. Nach einem Telefonat mit Möchtel erklärt man: Kein Politiker der Möchtel-Partei werde sie als Interview-Partnerin jemals noch akzeptieren, sie würde boycottiert werden, bis sie aus dem Journalismus verschwände.

Abends erklärt Gera, vorläufig bleibe dem Direktor der Fernsehanstalt nichts anderes übrig, als hinter ihr zu stehen. Er könne schon deshalb nicht umfallen, weil er von mehreren Seiten zugleich bedrängt werde und keine einseitige Parteinahme zeigen dürfe. Allerdings sei sie sofort von einigen Sendungen abgezogen worden, und das bedeute finanzielle Einbußen. Sie habe außerdem anonyme Drohanrufe erhalten

---

Das Redaktionsgeheimnis hat jetzt endgültig das Beichtgeheimnis abgelöst: ein Gerichtsurteil bestätigt der Redaktion das Recht auf Zeugnisverweigerung vor Gericht; wir können nicht gezwungen werden, die Namen unserer Informanten bekanntzugeben. Anlaß für diese Entscheidung war ein Interview, das wir mit einer Prostituierten unter dem Decknamen „Yvonne" führten: Sie gab zu, HIV-positiv zu sein und trotzdem mit Männern, denen sie von ihrer Krankheit nichts sagt, ohne Präservativ zu verkehren. Nachdem wir den Artikel publiziert hatten, wollte ein Staatsanwalt die Personalien der Dame von uns wissen. Wir wiesen ihn ab.

Begründung des Gerichts: Medien könnten ihre staatspolitische Aufgabe ohne Zeugnisverweigerungsrecht für Journalisten nicht erfüllen, da der Zufluß an Information versiegen würde, würde man Journalisten zwingen, die Namen von Informanten preiszugeben. Ausnahmen seien nur zulässig, „um jemanden aus einer unmittelbaren Gefahr für Leib und Leben zu befreien" – die AIDS-Gefahr ist nicht unmittelbar genug.

Möchtel erklärt im Interview mit Rechthalter: Alles erstunken und erlogen, eine abgekartete Sache, um seinen erwarteten Wahlsieg im letzten Moment noch zu verhindern. Eine Hinrichtungsmaschinerie der Medien sei gegen ihn angelaufen, ein widerlicher Enthüllungs- und Vernaderungsjournalismus zeige seine Fratze. Aber die Wähler würden schon die richtige Antwort darauf wissen.
Die Vorwürfe gegen ihn seien grotesk, das einzige, was an ihnen stimme, sei die Schreibweise seines Namens; er werde diese Verleumdungen Punkt für Punkt entkräften und die Hintermänner zur Rechenschaft ziehen; man habe Anwälte und Hilfstruppen genug, die wüßten, wie man Anschlägen aus dem Dunkel begegne. Unser Herausgeber läßt sich selbstverständlich die Niederlage des Kanzlers so leicht nicht nehmen. Seine Anweisungen: Erstens den Verräter Reißer (der steht ja tatsächlich auf unseren Gehaltslisten) unter Druck setzen; zweitens das Ganze als Wahlmanöver der Kanzlerpartei hinstellen. Damit wäre alles gewonnen, selbst wenn man nachträglich Möchtel irgendwelche Unkorrektheiten nachweisen könnte.

In Druck geht folgender Text:
WURDE MÖCHTEL FALLE GESTELLT? EINE SCHLIMME RUFMORDAFFÄRE, IN DIE MÖCHTEL UND DER KANZLER VERWICKELT SIND, WURDE AUS

DURCHSCHAUBAREN GRÜNDEN VOR DER WAHL LOSGETRETEN. MÖCHTEL ERSTATTETE ANZEIGE GEGEN DIE VERLEUMDER. ABER WER SIND IHRE AUFTRAGGEBER? WOHL DIE, DIE EIN INTERESSE DARAN HABEN, MÖCHTELS WAHLCHANCEN ZU SCHMÄLERN. DER FALL MÖCHTEL IST EIGENTLICH EIN FALL DES KANZLERS GEWORDEN
Dazu Rechthalter:
„Es ist nichts so blöd, daß unsere Leser es nicht glauben."

Wir veröffentlichen Leserbriefe zum Fall Gera, überwiegend Beschimpfungen und solche, die wenigstens ihre sofortige Entlassung fordern.
Möchtel klagt sie wegen Verleumdung und Kreditschädigung.

Deutliches Charaktermerkmal eines Blatts sind seine Leserbriefe: Äußerungen seiner Kernzielgruppe, dort wo sie am tiefsten im Volk verankert ist. Leserbriefe sind nicht nur die selbstgegrabenen Gruben ihrer Verfasser, sondern auch der Journalisten, die sie hervorrufen und publizieren.

„Wir schreiben nur, was die Leute lesen wollen" heißt zugleich: Wir schreiben, was wir glauben, daß sie verstehen können. Und beides könnte als Beleidigung aufgefaßt werden. Halten wir unsere Leser tatsächlich für infantile Gewalttäter?

Offensichtlich ist: verbreitete Blätter sind heute durchaus imstande, sich ihr eigenes Publikum heranzuziehen, die Zielgruppe ihrer Ware zu vergrößern und laufend für Nachwuchs zu sorgen.

Das Schöne ist: Für den Zyniker sind selbst die banalsten Blätter durchaus vergnüglich zu lesen, als Bestätigung seiner selbst und als Rechtfertigung seiner Vollkommenheit.

Beim Fernsehen hat man begriffen, worauf es ankommt. Sie starten eine neue Serie
DIE GEHEIMNISSE DES BEICHTSTUHLS
Dabei werden Beichten übertragen, direkt aus den Kirchen. Die Akteure werden durch einen kleinen elektronischen Nebel unkenntlich gemacht, mehr oder weniger. Und bei erotischen Themen erscheint das Insert: Für Kinder und Jugendliche nicht geeignet.

Du kennst noch gar nicht unsere neueste Entwicklung, sagt Gera; eine Sendung namens „Haus-party". Startet demnächst: Wir verstecken dabei Kameras in Wohnungen, ohne daß die Bewohner davon wissen – Prozeßkosten sind einkalkuliert.
Verspricht ein riesiger Erfolg zu werden, habe die Pilots gesehen, die Leute haben gebrüllt vor Lachen: der Schock, wenn die Opfer sich plötzlich im Hauptabendprogramm entdecken –, so wie sie gerade sind, in Socken und Pantoffeln

---

In Geras TV-show gibt Reißer weitere Details seiner Tätigkeit für Möchtel preis;
Zunächst habe er einen Katalog von P.r.-Aktionen erstellt; seine – zum Teil auch verwirklichten – Vorschläge lauteten:
Möchtel sucht und prämiiert das schönste Tierfoto.
Möchtel besucht Kinderkliniken und zeigt sich dort insbesondere mit unheilbaren kleinen Patienten.
Jemand sollte ein Kind ins Wasser stoßen, Möchtel – als geübter Schwimmer – würde es retten.

Möchtel wagt einen Fallschirmabsprung.
Möchtel initiiert Preise für Kunst und Kultur, die er vor der Wahl erstmals vergibt.
Möchtel läßt sich zum Schein entführen. Dabei werden Spuren gelegt, die auf linke Terroristen hindeuten. Er wird aber rasch gefunden.
Möchtel feiert mit den Insassen eines Altersheims Weihnachten.
Möchtel hält Wahlveranstaltungen tunlichst in Bierzelten und Diskotheken ab, dabei wird Gratisbier ausgeschenkt.
Möchtel läßt sich zu allen Veranstaltungen mit dem Hubschrauber einfliegen, auch wenn er mit dem Wagen rascher am Ziel wäre; er sollte stets eine Stunde Verspätung haben – das schüre die Erwartung.
Bei allen Möchtel-Auftritten ist eine Erkennungsmelodie zu spielen, die gewaltig, einprägsam und erhebend sein muß, etwa der Walkürenritt, die Ouvertüre zu Salome oder der Beginn von Beethovens Fünfter.
Möchtel sollte auch stets irgendein modisches Kleidungsstück tragen, etwa eine auffallende Sonnenbrille, einen bestimmten Hut etc.; generell sollte er stets nach der neuesten Boutiquenmode gekleidet sein.
Selbstverständlich garantierte Reißer bei allen Aktionen den Einsatz von Foto- und Kameraleuten, insbesondere des BLATTs.

In der letzten Ausgabe haben wir gleich zwei Artikel gegen den Kanzler. Auf Seite drei wird berichtet, daß der Kanzler zu den Absteigern des Jahres gehört, sein Stern sei im Sinken…
Auf Seite zwölf macht sich ein Kollege darüber lustig, daß der Kanzler dauernd in den Klatschspalten der Gesellschaftskolumnisten aufscheine; er sei offensichtlich ständig auf Par-

ties, bei Eröffnungen, Empfängen, Vernissagen – worauf wir uns teilnahmsvoll erkundigen, ob er denn da überhaupt noch Zeit zum Regieren finde

---

Reißer erzählt nun auch, wie Möchtel seine Scheinentführung plante: Möchtel wollte durch den Wald joggen, Reißer sollte ihm einen mit Äther getränkten Wattebausch an die Nase pressen und ihn an einen Baum fesseln. Dazu sollte Reißer noch Handschellen auftreiben. Ein Schild mit einem linkspolitischen Slogan um den Hals, sollte der Eindruck eines terroristischen Anschlags erweckt und in der Bevölkerung Stimmung für das „Opfer" gemacht werden.

Diese Scheinentführung unterblieb, so Reißer, nur deshalb, weil gerade als man sie ausführen wollte, eine andere Persönlichkeit der rechten politischen Szene von Terroristen entführt und „hingerichtet" worden war. Die Öffentlichkeit hätte man durch einen relativ harmlosen Fall von Entführung nicht ausreichend fesseln können.

Reißer trug auch zur Klärung eines anderen kleinen Skandals bei, der sich vor einigen Monaten ereignet hat: Es seien damals die Schulakten der 13jährigen Tochter des Kanzlers gestohlen worden. Im BLATT konnte man dann lesen, das Mädchen sei nur durch die väterliche Protektion vor dem Sitzenbleiben bewahrt worden.

Schlagzeile:

3 FÜNFER – ABER KANZLERTOCHTER VERSETZT

Tatsächlich sei das Mädchen damals ganz ordnungsgemäß versetzt worden. Der Auftrag zu der Verleumdung sei ebenfalls von Möchtel ausgegangen.

Dieser habe auch beim BLATT die – später gerichtlich untersagte – Falschmeldung veranlaßt, die Partei des Kanzlers plane im Fall eines Wahlsieges volle Straffreiheit für den Sex mit Kindern und außerdem für die „Abtreibung bis zur Geburt“, also eine Legalisierung des Kindesmords.

Danach erhält Möchtel die Gelegenheit, seinen Fall dem Publikum selbst zu präsentieren:
Von einem Gefühl der Sicherheit getragen, stehe ich vor Ihnen /
Sicherheit, die mir ein reines Gewissen vermittelt /
Es ist an der Zeit, im Klartext zu reden /
Ich werde alles schonungslos offenlegen /
Das Kartenhaus der Lügen meiner Gegner wird rasch zusammenbrechen / Ich trete vor Sie hin und gebe Ihnen mein heiliges Ehrenwort: Alle Vorwürfe gegen mich sind erstunken und erlogen /
Ich habe den Kanzler niemals bespitzeln lassen / Ich kenne die Detektei gar nicht, die damit beauftragt worden sein soll / Ich habe mit Reißer nie über das ausschweifende und nach dem Hörensagen bisexuelle Sexualleben des Kanzlers gesprochen / Ich habe auch nie eine Wanze oder ein anderes Abhörgerät bestellt / Meine handschriftliche Notiz über den Steuerfall des Kanzlers enthält nur Zahlen, die öffentlich zugänglich sind und die jedermann nachlesen kann / Die Behauptungen Reißers sind völlig haltlos und aus der Luft gegriffen / Er gehört gar nicht zu meinen engeren Mitarbeitern / Ich kenne den Mann ja kaum / Ein paarmal hat er in der Pressestelle wohl Namensartikel für mich verfaßt; mehr nicht / Ja, ein paarmal ist er Gast in meinem Haus gewesen und hat mir dabei von seinen privaten Sorgen erzählt / Wenn ich Reißer einmal den Auftrag gegeben haben sollte, Material gegen meine politischen Gegner zu sammeln, dann nicht, um das im Wahlkampf auch zu verwenden, sondern bloß, um meinen Gegner daran zu hindern, seinerseits derartige Angriffe gegen mich zu führen / Wahrscheinlich ist Reißer ein Agent meiner Gegner / Der sich mit Wallraff-Methoden bei

mir eingeschlichen hat, mit dem Ziel, mir die politische Verantwortung für seine Taten anzuhängen / Es würde mir doch nicht im Traum einfallen, gegen einen Politiker oder einen anderen Menschen auf so schäbige Weise vorzugehen / Man sollte Reißers Geisteszustand untersuchen / Ich glaube, er ist verrückt / Seine Lügenmärchen können nur einem kranken Gehirn entsprungen sein / Und ich werde nicht eher ruhn, bis dieser Mann hinter Gittern sitzt / Reißer ist ein Einzeltäter, dessen Tätigkeit mir lange verborgen geblieben ist / Die schmutzigen Tricks – sollte es diese gegeben haben – hat es ohne mein Wissen gegeben / Es ist unwahr, daß Reißer im Interesse meiner Partei intrigiert und andere Menschen bespitzelt hat / Wahr ist vielmehr, daß er beabsichtigt, meinen erwarteten Wahlsieg zu torpedieren / Die ganze Kampagne gegen mich ist eine fein abgestimmte Mischung aus Täuschung, Fälschung und Spitzelei / Als Mittel im Kampf gegen einen erfolgreichen Politiker / So kämpfe ich jetzt bedingungslos für die Wahrheit / Und für die Rückkehr der politischen Moral – unser aller Ziel / Ich bin wegen dieser infamen Beschuldigungen empört und betroffen. Meine Anwälte prüfen bereits, ob eine einstweilige Verfügung gegen Reißer beantragt werden soll, mit der die Vorwürfe schneller geklärt werden könnten als in einem langwierigen Untersuchungsausschuß / Ich habe übrigens nur kurz daran gedacht, zurückzutreten / Ich habe diesen Gedanken dann ausgeschlossen / Mit Rücksicht auf die Interessen des Landes / Und die Ziele unserer Bewegung / Meine Fraktion und der Parteivorstand haben mir ihr volles Vertrauen ausgesprochen / Nein, es gibt für mich keinen Anlaß / An Rücktritt zu denken / Mit der Schlammschlacht so knapp vor der Wahl / Hat diese Fernsehstation sich eindeutig in den Dienst einer gewissen Partei gestellt / Aber ich will und ich werde mich nicht um den erwarteten Wahlsieg bringen lassen / Und meinen Wählern will ich sagen: J e t z t e r s t r e c h t werde ich meinen Weg gehen – im Interesse dieses unseres Landes

Gera bietet mir an, einen Beitrag für ihr Magazin zu gestalten; Thema: Die schmutzigen Tricks beim BLATT – ein Insider berichtet. Lehne ab.

„Heimvorteil" der TV- und Hörfunk-Journalisten: Sie können Interviews nach Beendigung noch schneiden und dabei ihren eigenen Part verbessern. Das Stottern des Interviewten bleibt, das des Journalisten wird geschnitten

---

Unser Titel, gleich nach Möchtels TV-Rede:
MÖCHTEL: SO WAR'S WIRKLICH

Wir befragten unsere Leser zur „Rufmordwahl": Werden Sie wegen der Kampagne gegen Möchtel anders wählen? Hier die Antworten:
Ich vertraue Möchtel. Der tut sowas nicht. Ich werde ihn wählen / Mich interessiert die ganze Geschichte nicht. Jedesmal vor der Wahl dasselbe Theater. Ich werde trotzdem Möchtel wählen / Das ist doch nur Stimmungsmache. Ich wähle Möchtel / Die uralte Masche. Möchtel wird es ihnen zeigen. Ich achte gar nicht auf die sogenannten Beweise / Ich bin von den Politikern angewidert / Möchtel soll sie verjagen / Ich finde vor allem den Zeitpunkt dieser Angriffe auf Möchtel unpassend. Ich denke nur: Jetzt wähle ich ihn erst recht

Meine Herren, sagt der Herausgeber, es wird Zeit, daß wir diesen Kanzler endgültig abschießen. Analysieren Sie die häufigsten Ursachen für Niederlagen amerikanischer Präsidentschaftskandidaten.

Pressestimmen zu Möchtels TV-Auftritt:
Pathetisches Ehrenwort Möchtels – doch Vorwürfe nicht entkräftet / Wir hatten vergeblich darauf gewartet, daß das von Möchtel beschworene „Kartenhaus der Lügen" zusammenbricht / Dieses Ehrenwort ist das Papier nicht wert, auf dem es so feierlich steht / Politisch ist es ein Nullum / Selbst Möchtels Parteifreunde nehmen ihm den Ehrenmann nicht mehr ab / Es gibt bereits deutliche Hinweise, daß Möchtels Aussagen in mehreren Punkten nicht der Wahrheit entsprechen / Möchtel, der Reißer für verrückt erklärt und den er gern im Gefängnis sehen möchte, wird bald selbst Probleme mit seiner Psyche – oder mit der Justiz – bekommen / Praktisch ist er der Lüge in Teilen seiner Aussage überführt: Es tauchte eine handschriftliche Notiz auf, mit der er den anonymen Verleumdungsbrief gegen den Kanzler skizzierte / Der Entwurf stimmt weitgehend mit dem Brief überein, den die Finanzbehörde erhalten hat / Der Vorwurf, das Fernsehen habe zu früh und zu wenig abgesichert die Vorwürfe gegen Möchtel veröffentlicht, geht ins Leere / Der Rahmen seiner Verfehlungen war klar und eindeutig, und man mußte bis jetzt nichts davon korrigieren

---

Der professore wieder vor Gericht, begleitet von Gera; auch ich nehme vorgeblich als Prozeßbeobachter fürs BLATT teil.
STAATSANWALT
Der Beklagte hat mit seinen Publikationen in diversen Zeitungen und Fernsehjournalen wiederholt den Tatbestand der

qualifizierten Medien-Ehrenbeleidigung erfüllt. Er ist Wiederholungstäter. Zum Beweis zitiere ich aus seinen bezeichnenderweise auch in einem subversiven Theaterstück enthaltenen Texten. Zugleich aber stelle ich den Antrag, das hohe Gericht möge wegen der zahlreichen ehrenrührigen Details die Öffentlichkeit ausschließen.

RICHTER

Stattgegeben.

STAATSANWALT

Der Angeklagte schreibt zum Beispiel über den Herausgeber der angesehenen und erfolgreichen Tageszeitung DAS BLATT: „Er ist ein charakterloses Subjekt, das Skandale erzeugen läßt, um die Auflage zu steigern, das verleumden läßt, um seine persönliche Rachsucht zu befriedigen, und das seine Macht nutzt, um der eigenen Eitelkeit zu schmeicheln. Er ist ein Heuchler, der vorgibt, im Interesse des Volkes zu handeln und der dabei doch nur seine persönlichen Interessen verfolgt. Er ist ein Erpresser, und die Millionen Leser seiner Zeitung sind sein Erpressungsmittel. Seine Methode ist stets dieselbe: Erst läßt er sein Publikum aufhetzen und für seine Ziele Stimmung machen, dann richtet er seine Leitartikel direkt als Erpresserbotschaft an die Regierenden – die sich zumeist beeilen, seinen Wünschen zu entsprechen. Wenn er irgendjemandem den Herrn zeigen will, läßt er alle Ressorts losschlagen, perfid, undifferenziert, stets auf die wirkungsvollste Schmähung und größtmögliche Empörung aus. Er brüstet sich sogar damit, welche Personen er fertiggemacht hat. Er ist grenzenlos ehrgeizig und duldet deshalb keine starke Regierung neben sich – so fördert er publizistisch stets die Opposition, um damit die Regierung soweit zu schwächen, daß sie in Abhängigkeit von ihm gerät.

Er will nicht bloß die abstrakte politische Macht, er will H e r r sein über Leben und Tod: Der sofortige Vollzug der Todesstrafe nach s e i n e m Urteil – das ist es, was er letztlich anstrebt.

Er läßt Stimmung für die Todesstrafe machen, startete jüngst die Kampagne zu deren Wiedereinführung.
Dieser Medienbesitzer ist viel mehr asozial als die angeblich Asozialen, gegen die sein BLATT ständig hetzt.
Sein Erfolg ist eine Schande für das ganze Land, er kann ja nur mit Hilfe eines großen Teils der Bevölkerung seine üble Tätigkeit entfalten. Jeder macht sich mitschuldig, der ihn unterstützt, egal ob er sein BLATT kauft, ihm Informationen zur Verfügung stellt, seinen Reportern Interviews gibt. Und er hat seine Macht nur, weil die Regierenden, die Intellektuellen, die Künstler und andere Menschen in diesem Land zu feige sind und sich ihm oft noch andienen, statt ihn öffentlich zu verachten. Wenn niemand mehr sich vom BLATT einschüchtern ließe, wäre das Land bald von seinem größten Schmarotzer befreit."
Der professore wird verurteilt; doch bedingt. Der Richter scheint nicht unbedingt auf unserer Seite zu stehen

---

Rechthalter hat nach den häufigsten Ursachen für Niederlagen amerikanischer Präsidentschaftskandidaten geforscht; das Resultat: Ehebruch, sofern von Medien entdeckt und breitgetreten.
Was also fragen Sie noch heute den Kanzler? herrscht der Herausgeber Rechthalter an. Rechthalter darauf: Ich frage, Herr Kanzler! Haben Sie jemals Ehebruch begangen?
Genau, sagt der Herausgeber.

Dazu Gera:
Er spielt gern den Moralapostel und läßt im BLATT Entrüstung los gegen angeblich unmoralische Personen. Zugleich

macht er ein Geschäft mit der Prostitution, verdient an den Inseraten der Nutten, in der Szene nennt man sein BLATT bereits die Nuttenbörse.

Gera kann's nicht lassen, das BLATT zu analysieren:
„Was das BLATT für sein Geschäft benötigt, ist der unpolitische, der uninteressierte Leser, der sich zerstreuen will und der sich von den ihn belastenden beruflichen und gesellschaftlichen Umständen seines Lebens ablenken läßt, der Leser, den amüsiert, was simpel, sentimental, kitschig, hämisch und gemein ist – weil er selbst so ist. Es ist der Leser, der sich mit ein paar süffig gefaßten Meinungen und Schlagzeilen zufriedengibt und der sich gern sagen läßt, er brauche sich um die Welt da draußen keine Sorgen zu machen – sein BLATT werde schon nach dem Rechten sehen.
Was das BLATT benötigt, sind autoritätsabhängige Personen, die sich sozial schwach fühlen, die von Existenzangst und Minderwertigkeitsgefühlen beherrscht werden und die deshalb alles, dem sie sich nicht gewachsen fühlen, mit wütendem Haß verfolgen – Menschen, die, um sich nicht selbst aufgeben zu müssen, stets anderer bedürfen, auf die sie herabsehen können.
Was das BLATT nötig hat, sind Leser, die von einem Gefühl der Ohnmacht beherrscht sind (das vom BLATT keinesfalls je gemildert, sondern stabilisiert wird); die Leser erwarten von ihrer Zeitung jene Aggressivität, die sie selbst nie zu zeigen wagen"

Was hat eigentlich der Kanzler auf die Frage nach seinen Ehebrüchen geantwortet, fragt der Herausgeber.

RECHTHALTER
Fehlanzeige! Er hat gesagt, wenn ich wirklich Ehebruch begangen hätte, würde ich es Ihnen nicht sagen.
HERAUSGEBER
Frechheit! Wir lassen nicht locker, Rechthalter. Finden Sie irgendeine Schnalle, die sich für eine Million erinnert. Klar!
RECHTHALTER
Klar.

Die ZEIT über ein österreichisches Boulevardblatt:
Was ist die eigentliche Aussage dieser Zeitung? Vielleicht will sie sagen, daß Sprache etwas Verderbliches, daß das Leben ein Krieg und daß eine Mischung aus Sex und Tod, aus Ekel und Rachelust, aus Echtheit und Täuschung um ein paar Schillinge täglich zu haben ist. Ihr ist eben nichts zu heiß...
Die FAZ nennt das österreichische Boulevardblatt die „niveauloseste Zeitung Europas“.
Der professore hat das Erfolgsrezept des BLATTs erkannt:
Es habe seine Nase stets hart am Wind der Leser...
Wie meint er das?

Das BLATT über Geras TV-Station:
Die Rufmordaffäre ist weiterhin Thema des Tages. Der „Fall Möchtel“ ist lange schon zu einem Skandal des staatlichen Fernsehens geworden, das ein frivoles Spiel spielt: Mit einer Kombination von Behauptungen, Vermutungen und Verdrehungen macht es sich in verwerflicher Weise zum Wahlkampfhelfer der Regierungspartei. Die journalistischen Todesschwadronen dieses Kloakensenders, allen voran die „Rote Gera“, diese linke Bazille, wollen einen politisch unbequemen Ehrenmann zur Strecke bringen.

Wir haben tatsächlich eine Frau gefunden, die bereit ist zu beschwören, sie habe mit dem Kanzler jahrelang ein Verhältnis gehabt.
Unsere Schlagzeile:
MEINE AFFÄRE MIT DEM KANZLER

Ein zusammenfassendes Urteil über gewisse Blätter abzugeben, ist nicht einmal Karl Kraus in der Lage gewesen; es gibt, wie er schrieb, einen Grad des Brechreizes, der ein artikuliertes Urteil über den Geschmack einer Speise nicht mehr ermöglicht.

Der Herausgeber eines anderen Massenblatts, des einzigen, das dem BLATT beinahe Konkurrenz machen kann, sieht sich – offensichtlich im Gegensatz zu unserem Herausgeber – als „liberaler Humanist mit starkem sozialen Gefühl"; er betont sein Verständnis des Journalismus: „... beglückt erlebe ich, wie stolz ... meine Mitarbeiter sind, wenn sie nachweisen, daß nicht nur dümmste Argumente, nicht nur das Hinterwäldlerische, das Rassistische, das Einseitige, das Kunstfeindliche, das Herabsetzende oder überhaupt das Verlogene in unserem Land hohe Auflagen bringen".
Erstaunlich: Mit dieser Moral ist er sogar relativ erfolgreich

---

Krisensitzung in der Redaktion: es gilt die letzte Ausgabe vor der Wahl zu gestalten.
Der Herausgeber erklärt: Möchtel sei nach seinem Fernsehauftritt als voll rehabilitiert anzusehen; man möge entsprechend vorgehen.

Allgemeine Zustimmung; genau das sei ihre Meinung, meinen die Kollegen, erarbeiten dann spontan den Text – euphorisch und kreativ:

HERAUSGEBER

Titel?

RECHTHALTER

WAHLEN – ALLE GEGEN FAVORIT MÖCHTEL

SCHLEIM (Gänsefüßchen)

Federnden Schritts und mit geschwellter Brust / Tritt Möchtel vor die Kameras / Siegesgewiß spricht er Klartext...

RECHTHALTER

Weist die Verleumdungen zurück / Punkt für Punkt

SCHLEIM

Es hagelt knallharte Dementis.

RECHTHALTER

Es gibt keinen Grund mehr, an Möchtel zu zweifeln.

SCHLEIM

Er beantwortete alle Fragen und präsentierte eidesstattliche Erklärungen von seiner Frau, von seinen Mitarbeitern und von sich selbst. Diese Erklärungen bekräftigen seine Unschuld.

HERAUSGEBER

Resümee!

RECHTHALTER

Ein von langer Hand vorbereitetes Komplott.

SCHLEIM

In das die politischen Gegner Möchtels hauptamtlich verwickelt sind.

RECHTHALTER

Unterstützt von der tendenziösen Berichterstattung der linksliberalen Kampfpresse.

SCHLEIM

Und des einäugigen staatlichen Fernsehens.

HERAUSGEBER

Das endlich zu privatisieren hoch an der Zeit ist.

RECHTHALTER
Möchtel sollte offensichtlich das Opfer einer Verschwörung werden.
SCHLEIM
Mit Reißer als Werkzeug.
RECHTHALTER
Für die Wähler, die sich Anstand und Fairneß bewahrt haben / Gibt es morgen / Bei der Wahl / Nur die eine Devise:
HERAUSGEBER, RECHTHALTER & SCHLEIM
Möchtel – Jetzt erst recht!

Aus einem nächtlichen Gespräch mit Gera und dem professore:
Das Schlimmste für Fernsehmacher ist, von einem Ereignis berichten zu müssen, ohne Bilder davon zu besitzen.
Harmlose Reaktion darauf: das Ereignis wird ignoriert, es hat – für die Fernsehwelt – einfach nicht stattgefunden.
Weniger harmlose Reaktion darauf: Die Bilder werden nachträglich beschafft, entweder nimmt man falsche oder belanglose, die mit dem Ereignis allenfalls am Rande zu tun haben.
Ebensowenig harmlos: Die Bilder werden nachträglich produziert, heute meist digital, als Fälschung nicht nachweisbar.
Vom Fernsehen werden zwecks Bilderbeschaffung die Ereignisse oft zweimal inszeniert; Dramatisation ist die wirkungsvollste Form des Hyperrealismus; die Ereignisse geschehen heute mindestens zweimal, einmal einfach so, dann noch einmal fürs Fernsehen.
Womit Karl Marx' Zynismus, die Geschichte ereigne sich zweimal, einmal als Tragödie, dann als Farce, ungeahnte Bestätigung findet.

Wir leben in einer Zeit der sich wie ein Echo mehrfach wiederholenden Ereignisse: Für jedes Medium noch einmal, zumindest für jede TV-Station.
Und die Wiederholungen geraten dabei oft nicht weniger echt als das Original.
Man ist schon dazu übergegangen, interessante Gerüchte für die Kameras zu inszenieren und zu senden – womit sie eben mehr als Gerüchte geworden sind – eine Form der gesteuerten, sich-selbst-verwirklichenden Prophezeiung.
Eine Form der Fernsehwirklichkeit ist auch die Beteiligung des Publikums an der Programmproduktion, sei es durch Spiele, Wetten, Diskussionen etc. Manche Sendungen bestehen bereits zum größten Teil aus – unbezahlten – Publikumsbeiträgen. Auch die Abstimmung der Zuschauer wird als scheindemokratische Form zunehmend genutzt. Man hat die Wahl zwischen belanglosen Programmalternativen...
„...Sagen Sie uns Ihren Wunschfilm. Sie haben drei zur Auswahl!"
Immer der Vorwurf, Medien geben die Realität nicht wider – sollte tatsächlich jemand glauben, wir wollten die Wirklichkeit beschreiben, ist ihm nicht zu helfen. Wir geben H i n w e i s e auf sie, Zeichen, oft verschlüsselt, lesbar nur für den Kenner.
Wir sind die Orakel der Wissenden.
Ist es überhaupt noch denkbar und was wäre damit gewonnen, wenn der Medienkonsument wieder zu unterscheiden lernte zwischen Nachricht und Unterhaltung, Dokumentation und Fiktion?
Die Frage ist nicht mehr: Braucht man die Medien, um die Welt zu verstehen, sondern: wieviel Weltkenntnis braucht man, um die Medien zu verstehen.
Wirkungsvoller als die Ereignisse selbst sind ohnedies die Medienberichte darüber.
Wobei Berichte meist neue Berichte erzeugen.
Damit neue Ereignisse.
Kein Journalist kann heute drauf verzichten, die Fernsehpro-

gramme zu beobachten; vieles wird nach den Fernsehbildern geschrieben. Das Fernsehen ist zur Realität und zur Informationsquelle geworden.
Umgekehrt beziehen Fernsehjournalisten ihre Themen oft aus Zeitungen und Magazinen, arbeiten die Texte zu publikumswirksamen Szenen um.
Schließen Kunst und Fernsehen einander aus?
Entweder ist im Fernsehen alles Kunst oder nichts.
Es gibt keine Kunst i m *Fernsehen; es gibt bloß Kunst* m i t *Fernsehen.*
Oder Fernsehen als Kunst.
Welche Kunst hielte schon der Verführung durch die Fernbedienung stand, mit der man zwischen Dutzenden Programmen die Wahl hat?
Medien sind heute wichtigstes Thema für zeitgemäße Kunst (was die Feuilletons noch nicht wissen).
Gibt es noch Kunstwerke außerhalb der Medien, Werke, die unabhängig von Medien existieren?

Die Wahl hat stattgefunden:
Liberale 49% (±0%)
Bürgerliche 25% (–7%)
Möchtelpartei 26% (+7%)

In der Redaktion stößt man mit Champagner an.

Gera im TV:
Mit dem von einem gewissen Massenblatt propagierten Slogan „Jetzt erst recht" wird Möchtel der einzige Gewinner dieser

Wahl. Er nahm dabei den Konservativen kräftig Stimmen ab, die allerdings selbst zu diesem Resultat beigetragen hatten, indem sie während des Wahlkampfs auf die ausländerfeindlichen Parolen der Rechten umschalteten.

Möchtel hat sofort nach der Wahl seinen Anspruch auf die Kanzlerschaft angemeldet. Sein Argument ist: Es gebe jetzt eine Mehrheit rechts der Mitte; die Wähler hätten einen Nicht-Liberalen, also ihn, Möchtel, zum Kanzler bestimmt. Dem wird entgegengehalten, daß zwar 26% Möchtel gewählt, damit zugleich aber 74% Möchtel n i c h t gewählt haben. Die überwiegende Mehrheit der Bevölkerung wünscht also einen Nicht-Möchtel als Kanzler. Das sagte der Sprecher der Regierungspartei.

Unser Herausgeber triumphiert; Möchtels Sieg ist auch seiner. Der Kanzler werde jetzt wissen, mit wem er sich angelegt hat. Lustvoll erarbeitet man den Kommentar zur Wahl.
SCHLEIM
Kanzler kommen und gehen…
RECHTHALTER
Wir aber bleiben bestehen.
SCHLEIM
Hört! (Gänsefüßchen)
REGIERUNG GESCHEITERT! / TRIUMPHALER WAHLSIEG MÖCHTELS / WÄHLER IN HELLEN SCHAREN ÜBERGELAUFEN / ERDRUTSCHSIEG DER RECHTEN / REGIERUNGSPARTEI IN SCHOCK GELÄHMT
RECHTHALTER
DIE MASSEN HABEN / IN MÖCHTEL / DEN ERSEHNTEN VOLKSHELDEN GEFUNDEN / REGIERUNGSPARTEI SPRICHT WÄHLERVOLK DIE VERNUNFT AB

HERAUSGEBER
Und jetzt vorbeugen gegen Angriffe auf Möchtel!
SCHLEIM
Trotz Möchtels tollem Wahlsieg / Steht zu befürchten / Daß die Sudelkampagne gegen ihn / Weitergeht / Die publizistischen Träger dieser Treibjagd haben schon zuviel an Prestige investiert / Als daß sie noch aufgeben könnten /
HERAUSGEBER
Und wieder der Wähler!
SCHLEIM
Aber der Wähler hat für Möchtel entschieden / Und jene Kräfte / Die unsere freie Wirtschaftsordnung erschüttern wollen / Haben einen Dämpfer bekommen.
HERAUSGEBER
Aber jetzt einen Satz, den Satz, der dem Kanzler den Rest gibt!
SCHLEIM
Kleiner Kanzler, was nun?
HERAUSGEBER
Genau das will ich sagen, ist aber zu direkt.
SCHLEIM
KLEINES LAND, WAS NUN?
HERAUSGEBER
Gekauft, gekauft!

Gera, in missionarischem Eifer, setzt mir zu:
Wie ich denn für dieses DrecksBLATT noch arbeiten könne; lange möchte sie nicht mehr zusehen; es gebe heute schon Angestellte, Manager etc., denen es nicht mehr egal sei, für welches Unternehmen, für welche Branche und vor allem mit welchen Methoden sie arbeiten; die Engagements ablehnten, die ihrer Ethik nicht entsprächen. Bei Journalisten habe sie

diese Haltung noch nicht angetroffen
Ich auch nicht, sage ich.

Zeitungsstimmen nach der Wahl:
Erstarkte Rechte nahm Konservativen kräftig Stimmen ab / Die Bürgerlichen haben selbst dazu beigetragen, indem sie auf die ausländerfeindlichen Parolen der Rechten umgeschaltet haben / Anstatt über politische Programme wurde über ein Spektakel abgestimmt / Ein Verlust der Mitte ist zu konstatieren / 13% der Bürger haben ein ideologisch geschlossenes rechtsextremes Weltbild / Es gibt in der Bevölkerung eine latente, amorphe Gewaltbereitschaft / Es ist schwierig, heute über Politik zu schreiben, ohne daß eine Satire daraus wird / Die Wähler betrachten die Regierenden mit einer Mischung aus untertänigem Mißtrauen und schadenfroher Geringschätzung / Das Verhängnis der Politiker ist nicht, daß sie sich vom Volk zu weit entfernen, sondern daß sie ihm zu ähnlich werden / Und je mehr sie diesen ähnlich sind, umso unglaubwürdiger sind sie / Der Grund ist: die Wähler sind in der Mehrzahl so beschaffen, daß sie von sich selbst keine allzuhohe Meinung haben / Oder haben können

---

Die Medien lassen im Fall Möchtel nicht locker
Gera interviewt Reißer:
GERA
Es gibt eine Menge Vorwürfe gegen Sie.
REISSER
Klar. Man will mich unglaubwürdig machen. Der Liebling der Stammtische und Gossenblätter, Möchtel, wird doch nicht einfach ein simples Schlitzohr sein?

GERA
Sie gelten als robuster Beißer, den man auf Gegner loslassen kann. Hat Möchtel das gewußt?
REISSER
Genau deswegen hat er mich ja angestellt.
GERA
Sie halten Ihre robusten Methoden bei der Recherche und bei der Kritik für legitim?
REISSER
Ja. Aber vielleicht habe ich manchmal ein wenig über die Schnur geschlagen. Ich habe es gemacht, weil meine wirtschaftliche Existenz auf dem Spiel stand.
GERA
Haben Sie Möchtel Ihre Skrupel vorgehalten?
REISSER
Ja, deutlich. Er war sich der Anrüchigkeit seiner Absichten bewußt. Er hat deshalb auch stets darauf hingewiesen, daß das alles top secret zu sein hat.
GERA
Wie geht Möchtel eigentlich mit seinen Mitarbeitern um?
REISSER
Äußerst barsch, hart, fordernd. Wenn er jemanden loswerden will, ist ihm kein Trick zu schäbig. Wenn er dann gesiegt hat, ist er auch noch kleinlich und verfolgt das Opfer weiter mit seinem Haß.
GERA
Weshalb sind Sie schließlich in die Öffentlichkeit gegangen?
REISSER
Weil mir klar ist, daß einer wie Möchtel von der Macht ferngehalten werden muß. Gerade weil er sie unbedingt möchte.

Wiesehr Möchtel die Polizei und die Justiz seines Bundeslandes in der Hand hat, zeigt sich am Vorgehen dieser Behörden:

Statt den vorliegenden Hinweisen auf die Täterschaft Möchtels nachzugehen – wozu sie gesetzlich verpflichtet wären – fahnden sie intensiv nach möglichen Taten der Aufdecker. Wesentliche Behördenaktion waren – indessen als illegal erkannte – äußerst schikanöse Hausdurchsuchungen in der Redaktion des Senders und in der Wohnung Reißers. Die Ermittlungstätigkeit des Staatsanwalts – eines Parteifreundes Möchtels – ist ganz offen an dessen politischen Interessen orientiert

---

Jetzt wird Reißer fertiggemacht; unser nächster Titel:
POLIZEI BEI TV-SENDER
REISSER INS GEFÄNGNIS?
WOHNUNG UND REDAKTION DURCHSUCHT
ER DARF NICHTS MEHR BEHAUPTEN
Im Sendehaus sei gestern die Polizei samt Staatsanwalt erschienen, habe Reißer gleich mitgenommen, ein Gericht habe ihm die Wiederholung seiner unbewiesenen Behauptungen untersagt, sonst drohe ihm ein Ordnungsgeld in der Höhe einer Million.
Dazu ein Meuchelfoto von Reißer mit dem Text:
DAS IST DER MANN,
DER MÖCHTEL STÜRZEN WOLLTE…
Fälschungen, Verleumdungen, Geldsorgen… er liebt elegante Anzüge und fährt teure Autos. Die TV-Station behauptet, sie habe seinen Leumund überprüft und ihn für glaubwürdig befunden.
Gute Bekannte, Richter und Staatsanwälte kennen ihn allerdings anders: „Der lügt wie gedruckt“. Zu einem Bekannten soll Reißer gesagt haben, er habe „keine Probleme damit, Leute aufs Kreuz zu legen“. Seit seiner Scheidung hat er außerdem schwere finanzielle Sorgen. Sollte da die gewiß stattliche Honorierung durch

die Fernsehstation der letzte Ausweg für den hochverschuldeten Mann gewesen sein? Von Möchtel sei er mehrmals wegen Alkoholgenuß in der Dienstzeit abgemahnt worden. „Ratte“ nennt ihn Möchtels Anwalt... Wenn er sich eine Zigarette – Marke „Petite“ – anzündet, zittern seine Hände, seine Beine unter dem Tisch haben den Schüttelkrampf, und immer wieder bekommt er rote Ohren; er versucht sich gelassen zu geben, dreht sich immer wieder krampfhaft lächelnd zu den Fotografen um. Auf die Glaubwürdigkeit d i e s e s Mannes stützte sich die vorschnelle Fernsehstory über Möchtels angebliche Tricks

---

Gera bittet im Fernsehen den Kanzler, von dem Anruf zu erzählen, in dem ihm mitgeteilt wurde, daß er AIDS habe: „...Es hat ein Mann angerufen, der sich als Dr. Wegner ausgab. Er hat sich als ein meiner Partei nahestehender Arzt vorgestellt und mir geraten, mich einem AIDS-Test zu unterziehen. Ein dem Tode geweihter AIDS-Patient habe ihm gesagt, er sei mit mir zusammengewesen. Ich habe den Namen der Person wissen wollen, der Anrufer hat sich aber auf seine ärztliche Schweigepflicht berufen. Danach erlebte ich die schlimmste Nacht meines Lebens. Am nächsten Tag ließ ich den Test machen – negativ...”

Ein Nachrichtensprecher:
Spät, aber doch ermittelt der Staatsanwalt jetzt auch gegen Möchtel (und nicht wie bisher bloß gegen den Aufdecker). Er dürfte sich zur Auffassung bequemt haben, daß der Landeshauptmann und Möchtegernkanzler Möchtel doch an der anonymen Anzeige gegen den Kanzler beteiligt war. Es wurde die

Aufhebung von Möchtels Immunität beantragt. Immerhin besteht jetzt auch der Verdacht auf Meineid. Es sieht finster aus für den Wahlsieger Möchtel. Seine Behauptungen und eidesstattlichen Erklärungen fallen wie ein Kartenhaus zusammen; auch wenn ein Jurist dazu bemerkt, er habe sie so sorgfältig formuliert, daß man ihm aus widersprüchlichen Aussagen nur schwer einen Strick drehen kann. Mittlerweile steht fest: Möchtel hat mehrfach gelogen: anonyme Anzeige, AIDS-Terror, Wanzen... er hat alles gewußt. Sein Ehrenwort ist widerlegt.

Medien nützen allein schon durch ihre Existenz:
Politiker fühlen sich gedrängt, Verantwortung wahrzunehmen, die Justizbehörden, Recht zu sprechen, die Polizei schreckt vor manchen Übergriffen, die Wirtschaft vor manchen Geschäften zurück; Werke der Kunst oder Architektur werden geschaffen, um dem Feuilleton zu gefallen, und Wirtschaftslenker schaffen gute Bilanzen vor allem, um eine „gute Presse" zu haben.

Die Frage der Großen (oder sich für groß Haltenden): Wie kann ich vor der Geschichte bestehen? ist der Frage gewichen: Wie kann ich vor den Medien bestehen?

Ereignisse wachsen den Medien entgegen, sie geschehen oft nur, um gesendet oder berichtet zu werden.

Medien sind Börsen der Aufmerksamkeit, an denen der Wert jener, die sich diesem Markt unterwerfen müssen oder wollen, bemessen wird.

Medien sind ein System von Zugängen und Ausschließungen – wie einst die Städte. Allerdings herrscht bei den Medien – im Gegensatz zum urbanen Raum – noch das Faustrecht.

Medien sind ein System von Codes, mit dem die Angehörigen der Oberschicht sich untereinander verständigen, gegeneinander konkurrieren und einander die Plätze zuweisen (wahrscheinlich ist das auch der Medien eigentlicher Sinn).

Wer Zugang zu den Medien hat, nutzt diesen, um eine bestimmte, meist sehr eng definierte Zielgruppe anzusprechen, die im Extremfall aus einer einzigen Person bestehen kann. Das übrige Publikum ist Streuverlust.

Nächste Stufe der Evolution: Beim Menschen entsteht das Medienbedürfnis – die Sucht, Objekt von Medien zu sein, Medien zu nutzen im Kampf um Aufmerksamkeit, um Anerkennung und um die Liebe der Vielen. (Da Liebe stets ist, was als solche gesellschaftlich codiert wird, ist Medienliebe durchaus ihre zeitgemäße Form.)

Vorbei die Zeiten, da Menschen in der Tradition großgezogen wurden, der Name eines anständigen Bürgers habe nur dreimal in der Zeitung zu stehen: in der Geburts-, der Heirats- und der Todesanzeige.

Das Medienbedürfnis ist zu einem Grundbedürfnis der Menschen geworden.

Weiter in der Evolution: Der Mensch entwickelt den Mediensinn, eine Sensibilität für die Medienwelt, ihre Strukturen, Veränderungen (ähnlich der Sensibilität, wie sie Fischer und Segler für Wind und Wetter entwickeln)

Krisensitzung: Wir müssen was tun für Möchtel, sagt der Herausgeber. So leicht lassen wir uns den Sieg nicht nehmen. Es gelte jetzt die permanenten Angriffe des Fernsehens auf den Wahlsieger Möchtel gebührend zu erwidern.

Die Herren geben sich Mühe.
SCHLEIM
Gegen Möchtel gibt es bisher bloß unbestätigte Vorverurteilungen und Verdächtigungen.
RECHTHALTER
Und nicht den Funken eines Beweises.
SCHLEIM
Alles, was man weiß, stammt von diesem Herrn Reißer bzw. seinen Äußerungen in gewissen Medien.
RECHTHALTER
Möchtel ist ein aufrichtiger, wahrheitsliebender und erfolgreicher Mann / Den man zu Unrecht in die Enge treibt / Mag sein, daß einmal der Vorwurf hängenbleibt, Möchtel habe sich von Reißer in eine Falle locken lassen.
SCHLEIM
Jedenfalls: in den Fall sind Möchtels politische Gegner mehr verwickelt, als es derzeit scheinen mag.
RECHTHALTER
Wer hat Reißer denn wirklich angestiftet?

SCHLEIM

Wenn das, was Reißer tat, ein Komplott gegen den Kanzler sein soll – dem hat es nicht geschadet.

RECHTHALTER

Sollte es ihm überhaupt schaden? Hat das vermeintliche Opfer vielleicht alles selbst bestellt? War das Ganze nicht eher eine Falle für Möchtel? Wie lange kannten sich Reißer und der Kanzler eigentlich? Was war wirklich zwischen ihnen? Und von wann an? Wie oft hatten die beiden Kontakte? Wie lange vor der Wahl hat der Kanzler schon von den Aktionen Reißers gewußt und warum hat er geschwiegen? Jedenfalls: Ob Möchtel Bescheid wußte, ist ungeklärt; daß man in der Kanzlerpartei frühzeitig Bescheid wußte, steht hingegen fest. Das Argument, daß man damit das Opfer zum Täter macht, ist eine kurzsichtige Taktik. Die Eigenschaft, Opfer zu sein, reduziert sich bekanntlich in dem Maß, in dem der Betroffene informiert war

---

Wir haben Pech: Möchtel ist entlarvt, seine Mitarbeiter haben gestanden, er habe sie genötigt, ihn zu decken. So konnte er bei seiner Ehrenwort-Konferenz einige Vorwürfe zum Schein entkräften.

Um auf seine Mitarbeiter Druck auszuüben, scheint ihm kein Mittel zu billig gewesen zu sein.

Seine Sekretärin z. B. fragte er, ob sie religiös sei, und als diese die Frage bejahte, fragte er sie weiter: Wollen Sie, daß diese gottlosen Liberalen, die kleine Kinder ermorden und die Abtreibung befürworten, an der Macht bleiben? Möchtels Sekretär sagte aus, sein Chef habe ihn dazu gedrängt, die „Wanzen-Geschichte“ auf sich zu nehmen. Er habe das erst aus Loyalität getan, dann aber eingesehen, daß Möchtel ihn bloß schamlos ausgenutzt hat.

Möchtels Sekretär: Für mich gibt es noch Begriffe wie Loyalität und Treue. Aber Möchtel hat mich schamlos benützt.

Genialer Einfall des Herausgebers: Da kaum noch Fakten für Möchtel zu berichten sind, läßt er dessen Frau befragen. Das gibt Gelegenheit zur Schlagzeile:
MÖCHTELS FRAU: ER IST UNSCHULDIG
Frau Möchtel weinte. Tief erschüttert, fast verzweifelt, spricht sie von den „unvorstellbaren Beschuldigungen gegen meinen Mann". Sie sagt: „Es ist alles furchtbar. Ich kann nachts nicht mehr schlafen. Ich habe viel geweint. Ich weiß, daß mein Mann unschuldig ist. Denken diese Verleumder denn nicht an unsere Kinder? Diese infamen Angriffe, um meinen Mann fertigzumachen – das habe ich noch nicht erlebt und das werde ich in meinem Leben nicht wieder vergessen. Ich war wie gelähmt, als ich diese schlimmen Behauptungen hörte. Zuerst wußte ich gar nicht, wer die ganzen Lügen aufgebracht hatte, aber als ich den Namen Reißer hörte, wurde mir vieles klar."
Und die Frau schließt mit: „Ich tröste meinen Mann und bestärke ihn darin, durchzuhalten"

Gera sagt, sie habe genug von mir; mit einem BLATT-Menschen könne sie auf Dauer kein Liebesverhältnis haben; auch wenn der sich einbilde, Distanz zu seinem Job wahren zu können. Diese Hoffnung habe sich als unhaltbar erwiesen, sie stelle bei mir schon eine Vergröberung des Geistes und des Verhaltens fest… Naja

---

Das Fernsehen bringt Zeitungsstimmen zum Fall Möchtel (zum „Fall Möchtel“ ist er ja schließlich doch geworden, auch wenn sich das BLATT immer noch bemüht, eine Verwicklung des Kanzlers zu konstruieren):
Wird hier eine Affäre aufgedeckt, die in der Geschichte unseres Landes keine ihresgleichen hat, oder gibt sich das Fernsehen bloß dafür her, einen Machtwechsel zu verhindern? / War es richtig, aus den Vorwürfen des zwielichten Herrn Reißer eine Sendung zu machen und sie genau dann zu veröffentlichen, wenn sie dem Beschuldigten am meisten schadet? / Man muß Medien dankbar sein, die solche Fälle aufdecken. In den USA werden Journalisten, die das tun, mit dem Pulitzer-Preis geehrt, während in unserem Land sofort gegen sie gehetzt wird / Das BLATT zeigt ein erstaunliches und offenbar vorsätzliches Unvermögen, im Fall Möchtel zwischen Täter und Opfer zu unterscheiden / Das Fernsehen ist mit seiner Geschichte über „Möchtels schmutzige Tricks“ ein hohes Risiko eingegangen / Schlimmer wäre es, wenn Reißer kein Medium gefunden hätte, das den Mut aufbringt, den Machtmißbrauch zu verfolgen / Ohne Öffentlichkeit versickern die Skandale / In einem freien Land ist es eine Selbstverständlichkeit, daß Beschuldigungen dieser Art veröffentlicht werden / Die Medienschelte Möchtels und seiner Kumpane vom BLATT lenkt von der Kernfrage ab und läßt am Willen zur Klärung zweifeln / Nicht der Bote ist das Problem, sondern die Botschaft

Gera im Fernsehen über den Herausgeber des BLATTs: Daß er eine Zeitung wie das BLATT besitzt, sieht man ihm nicht an. In der Gesellschaft spielt er den Gentleman…
Der professore auf Sendung: Kann jemand ein Gentleman sein, der eine Zeitung besitzt wie das BLATT?
Er ist so etwas wie die Westentaschenausgabe des Citizen Cane, meint Gera.

Wir klagen.

Unsere Schlagzeile für morgen:
FRECHHEIT DES JAHRES!
REISSER VERWEIGERT AUSSAGE
Weiter im Text:
Vom Staatsanwalt verlangte Reißer die Entschuldigung für Bezeichnungen wie „Verrückter", „schillernde Persönlichkeit" etc. Eher wolle er kein Wort aussagen.
Der Staatsanwalt ließ sich die Entschuldigung abnötigen; wir vom BLATT bezeichnen den Herrn Reißer weiterhin als das, was er ist. Als Ratte bezeichnete ihn der Anwalt Möchtels, als er versuchte, den erfolgreichen Politiker weiter zu verleumden.

So schnell wie eine ungeliebte TV-Serie verschwindet auch der Krieg wieder aus den Programmen. Ist es die Rache der Medien, daß dieser Krieg so schnell vergessen ist wie wohl kein anderer zuvor?

Der Kanzler ist gestürzt; neuer Kanzler wird Möchtel. Die Konservativen haben mit den Rechten einen Pakt geschlossen. Da die beiden Parteien gerade 51% der Abgeordneten stellen, steht der Kanzlerschaft Möchtels nichts mehr im Wege. Es ist das erste Mal in der Geschichte der Republik, daß eine 26%-Partei den Kanzler stellt. Das BLATT würdigt dies mit der höchsten Schlagzeile seiner Geschichte:
MÖCHTELS SIEG
Man feiert in der Redaktion.

Der Skandal, den seine Gegner gemacht haben, hat Möchtel nicht geschadet; trotz seiner „schmutzigen Tricks" hat er die Macht schließlich errungen; vor einem Strafurteil schützt ihn die Immunität als Abgeordneter. Den Moralisten im Lande bleibt bloß nutzloses Räsonieren. Es scheint jedoch, als ob der Herausgeber bei einer gewissen Gesellschaftsschicht – die Rechthalter gern als „elitären Klüngel", als „selbsternannte Elite" etc. bezeichnet – endgültig unten durch wäre.
Beim letzten Empfang in seiner Villa (mit Möchtel als Ehrengast) ist niemand gekommen, auf den es ankommt. Viele machten sich nicht einmal die Mühe abzusagen. Dem Herausgeber bereitet es offensichtlich auch zum ersten Mal Probleme, für die eben beginnenden Festspiele, die ihm sonst zur Selbstinszenierung dienten, Premierenkarten zu bekommen; sogar sein Stammplatz im Goldenen Kalb für die Premierenparty scheint nicht gesichert. Jedenfalls ruft er nach einem – vergeblichen – Telefonat mit dem Festspieldirektor wütend die Mannschaft zusammen, verlangt, daß ab sofort nur mehr äußerst kritisch über diese Festspiele, über deren Publikum und Akteure berichtet wird.
Auf den Kulturseiten machen Sie sie künstlerisch unmöglich, sagt er; und auf den vorderen Seiten politisch. Sie wissen ja: Verschwendung von Steuergeldern für die Spielwiese der ohnehin Privilegierten (...und sie sollen ja nicht mit der Umwegrentabilität kommen: die können sie sich ja selbst finanzieren). Für die heutige Premiere erwarte ich einen Bombenverriß!
An die Arbeit, meine Herren!
Es gibt noch viel zu tun

ANHANG

Null-Nummer der Tageszeitung „BEI UNS!“, erstellt in Vorbereitung einer Medien-Aktion im „Literarischen Quartier – Alte Schmiede“ Wien, Sept. 1992

Art director: Albert Gerlach
Red.: A. Zellinger

HÖHERE TV-GEBÜHREN?
Die spinnen doch!

FILME immer älter!
FUSSBALL immer weniger!
Kaum noch SHOWS!

UNSER PREISAUSCHREIBEN FÜR TREUE LESER

Die schönsten **Villen**
Die schönsten **Autos**
Die schönsten **Yachten**

Bei UNS!

DAS SIND DIE PLÄNE DER REGIERUNG:

AUFREGER Nr.1
So werden unsere Steuern VERSCHLEUDERT

AUFREGER Nr. 2
Sparer von Sparbuchsteuer BEDROHT

AUFREGER Nr. 3
Kranke müssen KRÄFTIG BLECHEN

AUFREGER Nr. 4
Pensionisten ZAHLEN DRAUF

SCHLACHTEN EINFACH JUNGE FRAU

und Regierung sieht zu

Oppositionsführer fordert hartes Durchgreifen

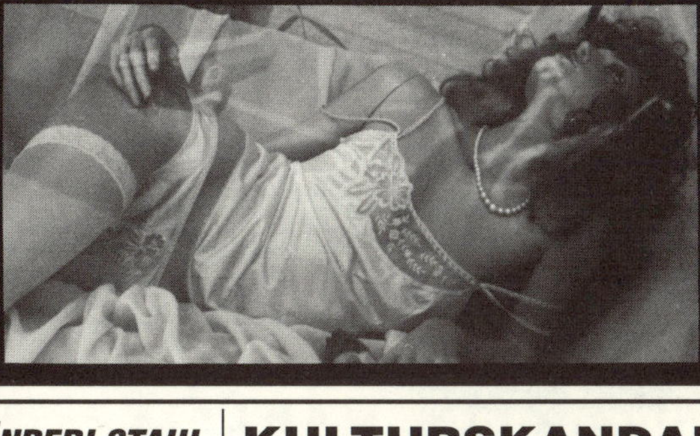

STEUERN! AUSLÄNDER! STAU!

ES GÄRT IM VOLK

KULTURSKANDAL

Subventionen für SUDELSTÜCK an der STAATSBÜHNE

Bei UNS! *Menschen...*

Massaker in Gestüt

120 PONYS ALS KRIEGSOPFER

Wir holen sie vom Kriegsschauplatz

ANGRIFF AUF FREIE MARKTWIRTSCHAFT:

Regierung diskutiert Kartellrecht für Medien.
MENSCHEN SOLLEN NICHT MEHR SELBST BESTIMMEN DÜRFEN, WELCHE ZEITUNG SIE LESEN!!!
Kommt *stalinistische* Parteidiktatur?

Unser WUT-TELEFON 0660-393
Rufen Sie einfach an!

MEINUNGSFORSCHUNG:

Seriöses Institut sagt WAHLSIEG VON OPPOSITION voraus – repräsentative Erhebung.

WÜRDE ES UNS BESSER GEHEN, WENN MAN DIE REGIERUNG HÄNGTE?

Draußen in der Welt... NICHT

Bei UNS!

Chemiker erklären Neapels Blutwunder

Brasilianer verlor in einem Jahr 224 Kilo

SEX IM WELTALL
schwierig
»KÖRPER FLIEGEN STÄNDIG VONEINANDER WEG«
Es gilt das Prinzip des Rückstoßes

ERDBEBEN IM IRAN
NICHT VIEL TOTE

Putsch in CHILE
Foltergeneräle sollten vor Gericht

USA:
Rücktritt des Präsidenten wegen ILLEGALER »MILITÄRHILFE«

China warnt vor Hula Hoop
»Es verdreht die Eingeweide«

BOSNIEN:
Serben drehen völlig durch

Rieseneisscholle im Atlantik geortet

Peking:
KUSSVERBOT für Studenten

Rom:
Hohe FINANZSTRAFE für 7JÄHRIGEN. Konnte vorgeschriebenen Kassabon nicht zeigen.

Kapstadt:
HUNGRIGER HAI schwamm in KINDERBAD

Süditalien:
Die MAFIA tötet dreimal täglich

USA:
Machen Tonbänder EMBRYOS KLÜGER?

England:
Schock des Lebens 3-Meter Python wollte MÄDCHEN AUFFRESSEN

Bei UNS!

Daheim…

Bei Uns in Kürze

Mörder **erhängte sich im Wachzimmer**

2 Polizisten ***verurteilt***

Herrchen ***biß zu***

Überfall ***mißlungen***

Patient ***randalierte***

Frontal **gegen Auto**

Sex **in der Schule**

Sturz **von Gerüst**

Giftwein **entdeckt**

Bub kam aus Ferien mit ***8 Millionen*** **heim**

Gestreifte ***Unterhose*** **entlarvte** ***Einbrecher***

Neue ***Radarfallen*** **gut versteckt**

Bus über Böschung

Killerbande **auf Autobahn**

Neues Herz, dann ***abgestürzt***

Fünfjährige in Backrohr gefoltert

STIEFVATER:

„ICH WOLLTE IHR NUR EINE LEKTION ERTEILEN.“

Nur 5 Monate bedingt!

Mann fesselte Ehefrau ans Bett – und ging zur Geliebten!

Frau gebar ***Zwillinge:*** **WEISS und SCHWARZ! Ehemann drehte durch**

+

SEX **mit der Geliebten kann für** ***Männer*** **gefährlich sein!**

AIDS-Hexe will sich an allen Männern rächen „Ein ***MANN*** **hat mich angesteckt! Jetzt will ich möglichst viele Männer mit in den** ***TOD*** **nehmen!“**

AMOKLAUF AUS ENTTÄUSCHTER LIEBE:

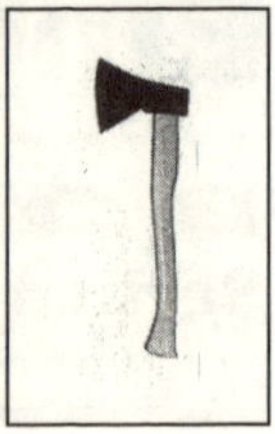

Ehemann **griff zur** ***Hacke*** **als er** ***Frau*** **mit Nebenbuhler im Bett fand!**

Daheim…

EHEKRACH: KATZEN VERHUNGERT!

Babys für tot erklärt Dann verkauft

EHEMANN *VERGIFTET* UM DACKELMORD ZU RÄCHEN!

DOPPELHOCHZEIT ÜBER DEN WOLKEN
Trauung im FLUGZEUG
Mutter und Tochter
heiraten in 10.000 Meter Höhe – *kirchlich!*

RASENDE EIFERSUCHT MANN sperrte EHEFRAU *50* Jahre lang in den KELLER

VERSAGER erschlug Frau mit HAMMER

Zwanzig Jahre Haft

IMPRESSUM
Medieninhaber:
Dr. Alfred Zellinger,
Albert Gerlach
Herausgeber, Chefredakteur:
Dr. Alfred Zellinger
Artdirector:
Albert Gerlach
Alle:
Kunstverein Wien,
Alte Schmiede,
Schönlaterngasse 9,
1010 Wien

Bei Uns in Kürze

Tod **auf Zebrastreifen**
Sex **im Kindergarten**
Freispruch nach ***Lachanfall***
Toto-Millionär **jubelt:** ***Nie wieder arbeiten***
Jetzt könnt Ihr mich alle…
Bus fuhr auf ***Mine***
Neu: ***Kakerlaken-schmuck***
Jäger ***gegen*** **Tierschutz**
Gegen **Gratispille**
Gegen **Abtreibung auf Krankenschein**
Schwieger-mutter ***Bombe*** **geschickt**
Obdachloser **wachte in** ***Papier-presse*** **auf**
Exhibitionist **schockt 300** ***Schulkinder***
Amoklauf **aus enttäuschter** ***Liebe***

Bei UNS!

Wirtschaft...

REGIERUNG!

Hände weg vom Bankgeheimnis

UNGLAUBLICH!

EXPLOSION bei SUBVENTIONEN

Staatsausgaben bei Förderungen steigen heuer um 50%!!!!

UNTERNEHMEN IM WÜRGEGRIFF DES FINANZMINISTERS

BUDGET!

Regierung mit Rücken zur Wand Wieder Krach in der Koalition!!!!

DIE GELDWÄSCHER SIND UNTER UNS

ARBEITSLOSIGKEIT STEIGT
SCHWARZARBEIT FLORIERT
DAZU IMMER MEHR

ASYLANTEN

IMMER MEHR *FRÜHPENSIONÄRE*

MILLIARDENFLUT FÜR *JUNGRENTNER*

Riesenwirbel um geplante Autosteuer!!!!

KONJUNKTURHOCH WIRD SPÜRBAR TIEFER

...aus Gerichten und Zuchthaus... Bei UNS!

UNGLAUBLICH!

Richter läßt Triebtäter wieder auf unsere Frauen und Kinder los!

HERR JUSTIZMINISTER! WERFEN SIE IHN RAUS!

HUMORVOLLER BANKRÄUBER:

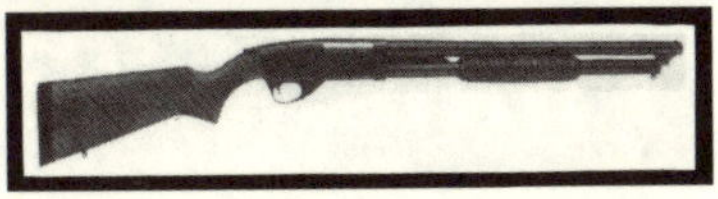

Mit Kanzlermaske und Pump gun

12jährige Babysitterin tötete Baby. Es schrie zu laut

BEWIESEN!

Mehr Unfälle bei Tempolimit 100

GEISTERFAHRER RAMMTE STREIFENWAGEN!

UNSER LESERTRIBUNAL:

Hat K.Schmidt diese Frau vergewaltigt?

JA: Tel. 88 48 842 **NEIN:** Tel. 88 48 843

Bei UNS!

Menschliches…

Das ist die BESTIE!

BESTIE GEFASST

„ICH HABE IMMER NUR *TOTE FRAUEN* VERGEWALTIGT“

DIE WISSENSCHAFT:

Mordtrieb wird durch Gene weitergegeben

„Unsere Tochter war dem Monster hörig…
Wird ihr Kind wie der Vater sein?

Das sind die Eltern der Mörderbraut.

SIE GING MIT DER BESTIE TANZEN, DANN INS BETT.

Das ist die Braut des Mörders

JETZT IST SIE SCHWANGER!

Menschliches… Bei UNS!

MÖRDERBRAUT!

TREIB DAS KIND DER *BESTIE* AB!

*„Wir haben uns gestreichelt,
ganz zärtlich.
Er saugte an meiner Brust.
Er fand es schön,
wenn ich ihn einmal
mit der Hand
bedient habe…“*

So sah sie der Mörder!

Unser **PREISAUSSCHREIBEN** *für treue Leser*

Die schönsten VILLEN	Die schönsten AUTOS	Die schönsten YACHTEN

Wählen Sie! Nur ausschneiden und einsenden!

Bei UNS!

Unsere 4beinigen Freunde

Wartet im gepanzerten BMW auf sein Herrchen

DACKEL SEPPI

von Präsident Möchtel

Opernsängerin an *HUND* verfüttert

„SIE SANG SO SCHLECHT“

Löwenkäfig offen Wärter *zerfleischt*

Das ist das SCHWEINCHEN, das ALLES macht!

GEMEIN!

Katzenbabys **in PLASTIKSACK gesteckt, 2 gerettet**

NEUN AUF EINEN STREICH

Entzük-kender Beagle-Wurf

Unsere 4beinigen Freunde Bei UNS!

Nach Hinweisen unserer Leser:

KATZENMÖRDER GEFASST

Beinahe gelyncht!

GESUCHT!
Tollwütiger Hund

Lernen Sie Ihren 4beinigen Freund verstehen

DIE KÖRPERSPRACHE DER HUNDE

1.Folge

LESERSTIMMEN

Eure Rubrik „Unsere 4beinigen Freunde“ finde ich großartig. Aber was ist mit 8, 10, 12beinigen Freunden??? Mein Liebling z.B. ist eine Vogelspinne.

Ing. K.Schleimer

ANMERKUNG DER REDAKTION:* *Herr Ing. Schleimer hat recht. Wir nehmen seine Anregung gern auf und beginnen am Wochenende mit einer Serie über Tausendfüßler.

Welcher Hund paßt zu Ihnen

Bei UNS!

Kultur

Um MOZART tobt Krieg

Großes Festkonzert: Sieg der Blechbläser

FESTSPIELE

Geordnete Geschäfte. Gute Sponsoren.

WELTREKORD VERSUCH im DAUER-FERNSEHEN

Geglückt: 364 Tage

KULTUR MENSCHLICH GESEHEN

DER OPPOSITIONSFÜHRER ÜBER DIE KUNST

Wir wollen, daß alle Menschen und gesellschaftlichen Gruppen ihre kulturellen Bedürfnisse ungehindert äußern können; Kunst und Wissenschaft sollen sich in Toleranz und Offenheit, bei Achtung von Menschenwürde und Freiheit entwickeln können / So stehts in unserem Parteiprogramm / Aber / Die Kunst soll nicht unsere Sitten / und unser Brauchtum verletzen / sie soll / bei der Bevölkerung / ein Mindestmaß an angenehmen Empfindungen wecken / sie soll/ den Durchschnittsbürger innerlich erbauen / Der gesunde Menschenverstand soll auch als Maßstab für die Kunst gelten / Wir sind gegen Scharlatanerie und gegen den Kult des Häßlichen / gegen die Kulturmafia und die Unkultur der Multi-Kultis/ wir sind gegen den gesichts- und nationslos gewordenen Abschaum / gegen den Internationalismus, der unser eigenes Kulturbewußtsein zerstört/ gegen die Afterkünstler / die den gesunden Volkskörper zersetzen / Wir sind gegen die dichterischen Nestbeschmutzer / gegen die subventionsabhängigen Lemminge / gegen die entwurzelten Asphaltliteraten / gegn die spastischen Zuckungen mikrofonschwingender Bauchtänzer / gegen den lallenden Stumpfsinn des Regietheaters / gegen den fälschlich als Kunst bezeichneten Mist der modernen Malerei / Wir sind gegen schweinigelnde Regisseure und darstellende Kritzelakrobaten / Und wir sind vor allem gegen jegliche Förderung angeblicher Künstler / die unsere Heimat verächtlich machen / die sich fremdartiger Ausdrucksmittel bedienen und die nicht zu unserem Kulturkreis gehören.

Kultur

Bei UNS!

SKANDAL:

SUDELSTÜCK an STAATSBÜHNE

Zynische Beschimpfung *UNSERER LESER* bezahlt mit *UNSEREN STEUERN*

Dieser *NESTBESCHMUTZER* soll unser Land verlassen.

Aber Dalli!

Das ist der AUTOR!

LESERMEINUNGEN ZUM SUDELSTÜCK

Soll dieser Autor doch seine Gehirnexkremente auf eigene Kosten produzieren. Aber damit nicht uns Steuerzahlern auf der Tasche liegen / Schreibtischtäter / Vaterlandsverräter / Miese Figur / Ab mit ihm in die Klapsmühle! / Warum muß heute jeder Dreck aufgeführt werden? Es gibt auch kritische Stücke, die nicht allein der Provokation wegen geschrieben werden, sondern um zum Nachdenken anzuregen /Daß dieses Stück aufgeführt werden kann, hat unsere unfähige Regierung zu verantworten / Die Politiker dürfen nicht zulassen, daß ein ganzes Volk als debil beschimpft wird / Der zuständige Minister soll gefälligst den Unfug abstellen. Und zwar subito! / Werft den Nestbeschmutzer raus / Die so strapazierte Freiheit der Kunst muß ihre Grenzen im Strafrecht haben: grobe Beschimpfungen fallen unter den Tatbestand der Verleumdung. Zu klären wäre auch, ob nicht Volksverhetzung vorliegt / Jetzt wissen wir es also: wir sind ein Volk von Debilen. Und die Regierung läßt es zu, daß uns das von der Bühne herab ins Gesicht gesagt wird / Der zuständige Minister soll zurücktreten. Die Debilen werden ihm keine Träne nachweinen / wie lange müssen wir uns noch diesen Dreck anhören / Der Krug geht zum Brunnen bis er bricht. Und dieser Autor...? / Diese Regierung verwechselt die Freiheit der Kunst mit der Freiheit, den Steuerzahler ungefragt zur Kasse zu bietten. Ich nehme mir die künstlerische Freiheit, diesen Autor als geistigen Arsch des Kontinents zu bezeichnen. Das ist wohl die Sprache, die er und seine Förderer verstehen / Diese Regierung gehört an die Wand gestellt, wenn sie d a s zuläßt. Kein Wunder, wenn ihr die Wähler in Scharen davonlaufen...

OPPOSITIONSFÜHRER:

Hinaus mit dem SCHUFT...

„Wir sind ja für die Freiheit der Kunst, aber..."

UND DER KANZLER? DER HÄLT SICH RAUS!

Er wird die Rechnung noch präsentiert bekommen. Der nächste Wahltag wird Zahltag sein.

UND MORGEN IST PREMIERE!

Wir können unseren Lesern nur raten:

STÜRMT DIESES STÜCK

Bei UNS! *Sport...Sport...Sport...Sport...*

DUELL DER VERFEINDETEN STARS:

Form stimmt. Leistung stimmt.

Hoffentlich auch das Ergebnis.

AMOKLÄUFER ANGEZEIGT

„Das war kein faires Foul“

Die Verletzungsserie reißt nicht ab!!!!

MUSKELFASERRISS!

Nun fehlt auch der Abwehrdirigent!!!!

WILDWEST BEI 8:5

Spielfeld nur Nebenschauplatz • Krawalle, Straßenschlachten, Verletzte

Fäuste flogen nur so • Fans windelweich geprügelt • Eis blutrot

BLITZTORE! BLITZSIEG!

Erst klingelte die Kassa

Dann klingelte es im Tor

SCHWARZE SERIE

GESTOPPT

Aber: Im Endspiel wartet der INTIMFEIND

GEDOPT!

FORMSTEIGERUNG VON EURIPIDES KAM ZU ÜBERRASCHEND

Sport...Sport...Sport...Sport...

Bei UNS!

MILLIONÄR VON GOLFBALL GETÖTET

Es geschah am Loch 9
Er hatte Handicap 21

WM-COUNTDOWN LÄUFT:

6:0 – Es war zum Schluchzen

Führende Hand fehlte

Trainer flehte um Tore:

„TUT DAS DING REIN“

Weltmeister

K.O.

9...10...aus

Für immer?

HUNDERTTAUSEND FANS ZITTERTEN

Nationalmannschaft verjuxte 2:0 • Trauer statt Triumph

Innere Ruhe fehlte. Mannschaft reif für Psychiater

TEAMCHEF WIRFT HANDTUCH

Jetzt ist Abstiegskampf nicht mehr fern

TODESSTURZ IM FINALLAUF

Kapitän warnt:

IN LONDON NICHT IN DIE HOSE MACHEN!

Erst Vollgas • Dann denken • Wie Niki

Bei UNS! *Unsere Empfehlungen für einen schönen Fernsehtag*

15 Uhr	*Die große Game Show:* **DAS MÖRDERSPIEL** *567. Folge*	**Familien TV**
16 Uhr	*Aus Gericht & Zuchthaus mit einem* **PORTRAIT EINES ERFOLGREICHEN FOLTERERS**	**Justice TV**
17.30 Uhr	*Aus der Gaskammer:* **DIE EXEKUTION DER WOCHE**	**Hate TV**
18 Uhr	*Am Pranger:* **DIE 10 MIESESTEN TYPEN DER WOCHE**	**SNN** (Satellite News Network)
19.15 Uhr	*Die* **GEHEIMNISSE DES BEICHSTUHLS** *– live*	**Vatikan TV**
20 Uhr	*und gleich anschließend:* **WUNDER AM LAUFENDEN BAND**	**Vatikan TV**
20.30 Uhr	*Durchs Schlüsselloch gesehen...* **GEHEIMNISSE VON NEBENAN**	**SNN**
21.30 Uhr	**TERMINATOR VII**	**Youth TV**
23.15 Uhr	**MCDONALD'S MASSAKER** *aus: Gesichter des Todes 44. Folge*	**Blood TV**
0.45 Uhr	*Die Erotikleiste:* **YELLOW EMANUELLE**	**Canale SEX**